EL CABALLERO JACK

LINDA PAGÁN PATTISERIE

PAÍS INVISIBLE EDITORES

El caballero Jack
ISBN: 978-1-7363473-5-5
©Linda Pagán Pattiserie
Primera edición: octubre 2021

Para contactar a la autora:
Email: lindapf2003@hotmail.com

Páginas web:
Facebook: Linda Pagán Pattiserie - escritora
Instagram: @escritora_lindapagánpattiserie

País Invisible Editores
Editor de estilo: *Emilio del Carril* (emiliodelcarril@gmail.com)
Corrector: *Richard Rivera Cardona*
Concepto artístico de la portada y contraportada: *Emilio del Carril*
Diagramador de la portada y contraportada: *Eric Simó*
Diagramador del interior: *Eric Simó* (ericji28@yahoo.com)
Fotografía de la autora: *Camille Biaggi* (Instagram: camillebiaggistyle)
Impresión: *Bibliograficas-Biblio Services, Inc.* (info@bibliograficas.com)

Impreso en Puerto Rico

Dedicatoria

Mami Vane, fue un 25 de Noviembre del 2020 que sostuve tu mano antes del adiós. Sé que me observas desde otro plano. Ha sido demasiado emotivo redactar la dedicatoria de "nuestro" Caballero Jack, sí, porque es nuestro. Fuiste tú quien me dio la vida y me señaló el camino cuando, con una cerveza en la mano, me dijiste: "Escribe novelas que muevan el alma". Desde que te fuiste se desprendió un pedazo de mi corazón, sé que puede sonar cursi, pero, te lo llevaste contigo. Pero aquí estoy, armándome de valor para seguir viviendo, sin escuchar tu voz, sin poder olerte, ni escuchar tus consejos. Sé que estarás muy orgullosa con esta novela. ¿Recuerdas los personajes?, por supuesto, juntas los inventamos: Jack, Anael, Maximiliano, el rey, Memé, las malvadas Clotha, y Fransuá de Melas, cuánto las odiaste; y ni hablar del Marquesito de Chester, y Will, nos divertimos mucho con ambos.

Sabrás que cada letra aquí escrita lleva algo de ti, y que no existe un sólo día sin pensarte. Sin embargo, me queda el consuelo de ser tu hija, la guardiana que te perseguía para todas partes, hasta el final. Cuídanos, a Lisy, Teresita, y a mí, desde ese cielo azul, lo prometiste.

Mami, hasta que nos volvamos a encontrar.

Te amo.

Linda

Agradecimientos

En primer lugar, le agradezco a Dios por permitir que la pluma y la tinta no falten en mi vida para continuar mi camino en las letras. A mi querida madre, mami Vane, quien ya no está, pero vive en mí. Fuiste tú quien marcó el sendero y me dio luz. A mi querido esposo Max y a mis hijos Maxito, Emmanuel y Ariana, son ellos mi mayor inspiración para intentar dar lo mejor de mí. A mis amadas hermanas, Lisy y Teresita.

No puede faltar el editor de la novela, mi gran amigo Emilio del Carril (Editorial País Invisible). A Richard Rivera Cardona, corrector. A Camille Biaggi, por las fotos de la contraportada. A Eric Simo, diagramador y artista gráfico.

Y a todas aquellas personas que me han apoyado, son ustedes personas extraordinarias, a los que incluyo en mi mundo y en la gran pasión que siento al escribir.

Gracias mil por existir. Dios los bendiga.

Índice

Capítulo 1:
EL FUEGO

La desgracia cayó sobre mí. Si ellos están muertos, también quiero morir, pensó Jack la tarde que tropezó con la desgracia.

Cerca de allí, en lo alto de una montaña y posado sobre una roca, se encontraba un misterioso halcón. Era un ave enorme, gris, de pico azul y ojos ámbar. Al escuchar las maldiciones que Jack gritaba, se asustó y alzó el vuelo hacia otra provincia. El entorno se llenó de soledad.

Cuenta una leyenda que en la lejana península de Ismir, existió un hombre eigmático al que le adjudicaron múltiples poderes. La mayoría de los habitantes pensaba que se trataba de un espíritu, de esas ánimas en pena que no encuentran descanso. En cambio, otros aseguraban que estaba vivo y era un santo. Dijeron que se trataba de un hechicero, quizás bueno, posiblemente malo; lo cierto es que, en algún momento de la cotidianidad, los campesinos, los soldados, los nobles y hasta en la realeza, comentaban sobre el caballero Jack.

También dicen que el susodicho fue un valiente guerrero descendiente de una familia de humildes campesinos de la provincia de Arlington, tierra vecina de la provincia de Kent, donde gobernaba el rey Maximiliano II. Comentaban que Jack no se hizo guerrero por voluntad; lo motivó la impotencia, el dolor y la rabia que le dejó la pérdida de toda su familia. Al nefasto evento solo sobrevivieron su hermanita Viola, de apenas dos años; y Clotha, su prima.

Según los habitantes de la provincia de Arlington, el brutal atropello fue obra de soldados del rey Maximiliano para apoderarse de los terrenos y declararlos territorios de la provincia de Kent; de ese modo, el monarca impondría sus leyes.

Los soldados tenían órdenes para destruir todo. Luego debían implantar la bandera declarando el territorio conquistado por Kent. Las familias que se oponían a la entrada de los soldados en las diferentes aldeas eran víctimas de los peores abusos. Violaban a la hija mayor de cada familia no importaba si era virgen, comprometida o casada, siempre que fuera la primogénita para ser víctima de la felonía. También quemaban sus casas, y a muchos los quemaban vivos. Luego colgaban los cuerpos en los troncos de los árboles.

Sucedió una tarde en que el joven cabalgaba por el bosque montado en su caballo, Armiño, un potro joven, blanco, de patas fuertes con el garbo de los de paso fino, cuando divisó humo por encima de los arbustos. Observó el cielo pintado de luto, sintió escalofríos, olió la muerte desde la distancia. Azotó al animal con desespero. Fue así que el joven Jack, quien tenía quince años en ese momento, encontró las casas de la aldea en la que vivía con su familia convertidas en cenizas. Vio muchos cuerpos de amigos quemados y colgados de las ramas de los inmensos cedros, exhibidos como trofeos de una guerra malsana, a los más indefensos. El paisaje estaba gris como los días en los que la gente siente que Dios la ha olvidado. Se desmontó y caminó entre la desgracia. Trataba de buscar, entre la deformidad de la nada, algo que le recordara a algún ser querido. No pudo con el dolor y trató de salir de los predios. En el momento en el que pensó haber visto lo peor, se encontró con el cuerpo calcinado de su madre. La mujer se había arrastrado hasta una roca. Apenas reconoció las facciones de su progenitora. Ella respiraba como respiran los que le dicen adiós a la vida.

Se puso de rodillas y la sujetó. Ella era su vida, su primer amor. Tenía el rostro mutilado. La acomodó entre unas ramas intentando que echara raíces y se convirtiera en árbol. Le cantó la misma nana que ella le cantaba para que se durmiera. Poco después, murió. Lanzó el más estruendoso grito mudo y caminó sin rumbo. A los pocos minutos regresó; no podía dejarla ahí. Cavó un hueco en la tierra y cargó el cuerpo de su madre para enterrarla. La besó con la delicadeza del que besa una nube. Pensaba que le dolía cada piedra que le colocaba para sepultarla; suplicó a las alturas el milagro de que resucitara.

15

Sin poder asimilar la pérdida del ser que más amaba, prosiguió la marcha como si estuviera en una procesión. El humo era un velo oscuro interminable que le apretaba los pulmones. Tosió. Le faltaba el oxígeno. El paisaje desolador era asfixiante. Estaba fatigado cuando de pronto vio el cuerpo de un hombre cerca de un matorral. Corrió para brindarle ayuda. Grande fue el sobresalto cuando descubrió que era su padre. Estaba decapitado. La cabeza yacía al lado de la muñeca de paja de Viola. La expresión de su progenitor era perturbadora. Estalló en cólera al contemplar la crueldad de los asesinos. Sintió que los poros de la piel le expulsaron veneno por la furia de perderlo todo.

—¡Malditos! —gritó. La naturaleza imitó el alarido.

El coraje voraz y la tristeza hicieron que naciera dentro de él un Jack distinto. Un pensamiento enfermizo de venganza lo invadió. Al caminar movió algunos cuerpos que no pudo reconocer. Pensó que los muertos se parecían tanto. Los ojos de Jack eran los de un lobo herido. Fue en ese momento que, posiblemente, decidió tomar venganza. Era un acto de necesidad urgente.

Llevó a su padre mutilado hasta el lugar donde había sepultado el cuerpo de su madre. Allí lo enterró. Quiso morir. Reconoció el paraje que ahora albergaba a sus seres queridos:

era el campo de adiestramiento donde su padre le enseñó a usar la espada. Pensó que, como Dios lo había dejado vivo, tendría que quitarse la vida. Buscó una soga para colgarse de uno de los árboles que quedaron de pie.

Muerte, infierno, pecado, dolor… Me tocará el infierno, pero necesito poner fin a la sensación de soledad e impotencia que se me ha instalado en el pecho. Vivir sin los seres que amo es el peor castigo.

Los pensamientos lo aturdían. Si hubiera sido posible, hubiera cambiado el tuétano de sus huesos para ver si así estos los sostenían mejor. Intentó recobrar la cordura; miró las nubes buscando algún consuelo.

Altísimo, ¿qué malo te hice para merecer esto? Dime, ¿cómo aprendo a vivir?

Caminó de un lado a otro como un espantapájaros durante una borrasca. Estaba convencido de que nadie de los suyos había sobrevivido, cuando de repente escuchó algunos quejidos. *¿De dónde viene? ¿Clotha y mi hermanita…?* El quejido se escuchó lejano, provenía del bosque y era parecido al silbido del viento invernal. Como un búho insomne Se adentró en el paisaje tupido abriéndose paso entre las ramas recias. *Estoy cerca,* murmuró, y se secó el sudor de la frente.

El sonido suave se transformó en un quejido ahogado. Buscó el origen de este. Entró en una parte en la que el sol no llegaba. Para sorpresa, y como si fuera una ramita de olivo que el cielo le ofrecía a cambio de su tristeza, encontró a su hermana y a su prima con las ropas rasgadas y los rostros manchados de cenizas. Estaban ocultas en una fosa en la ribera de un lago.

—Clotha, aquí estoy, mira hacia arriba. Pásame a Viola —le dijo extendiéndole los brazos.

La pequeña estaba desmayada. La colocó con cuidado sobre el pasto.

—Ahora tú, dame la mano y agárrate fuerte. No te sueltes.

Mientras la rescataba, miró al cielo en señal de alivio.

Clotha no pronunció una palabra. Estaba atontada y débil. El joven les dio un poco de agua de la cantimplora de cuero que cargaba. La prima bebió dos sorbos y le humedeció los labios a Viola. Jack las encaramó sobre Armiño.

La villa más cercana quedaba a una hora a trote moderado. El sol le hizo una de sus tretas y atardeció de golpe. Decidió detenerse a descansar en un claro del bosque. Encendió una hoguera para mantenerlas en calor. Encontró unas moras silvestres y se las llevó para que recuperaran fuerza. Luego cazó una liebre y la asó para ellas. Después de que apenas probaran la comida, y sin que ellas parecieran reconocerle, las dejó descansar hasta el otro día. Jack también se acostó, pero no pudo conciliar el sueño. Todas las estrellas parecían darle el pésame; además, tenía que mantenerse en vela para evitar que vinieran más rufianes. Clotha apenas lo miraba. Mordió una fruta, bebió agua y le dio de comer a la niña.

Entre los astros, los sonidos nocturnos y los pensamientos desordenados, apareció la aurora.

—¡Vámonos, tenemos que marcharnos a un lugar seguro! —les ordenó Jack.

El descanso y el agua hicieron que Clotha se pusiera alerta. La joven de diecisiete años se abrazó a él como musgo a la piedra. Intentó explicarle lo sucedido, pero todavía estaba débil y se fatigó en el intento. La prima sacó fuerzas y sostuvo a Viola mientras Armiño iba a paso suave, como si supiera el delicado tesoro que tenía sobre el lomo.

Emprendieron el camino hacia la villa más cercana. Jack les abría el paso. Cortaba las ramas con la espada que su padre le había heredado cuando cumplió los quince años. *Servirá para vengarme*, era el único pensamiento que tenía metido en la cabeza. No razonaba, sentía rabia, de esa que sienten las bestias cuando son atacadas por alguien de su manada.

Desde la cima de una colina divisó un pequeño poblado con varias chozas de piedras y techos en dos aguas hechos de troncos de madera. Bajaron y llegaron hasta allí. Al verlos, muchos se arremolinaron a su alrededor. Jack conversó con varias personas sobre lo ocurrido. Los vecinos de la aldea estaban enterados de los nefastos sucesos. Le contaron que todo fue obra de los soldados de algún gobernante desgraciado de la península de Ismir. Otros aseguraban que tuvo que ser el gobernante de la provincia de Kent, Maximiliano II, por ser la provincia más cercana, y porque muchos daban fe de su maldad. En la aldea estaban tomando medidas para protegerse por si los atacaban. Prepararon trampas, escondites y hondas de piedra; también afilaron lanzas y espadas. Les prestaron ayuda, les curaron las heridas y les dieron de comer.

Al cabo de dos semanas de recuperación, Jack supo que no estaría allí por mucho tiempo. Antes de partir habló con el jefe de la aldea, les encomendó a su pequeña hermana y a su prima Clotha para que las cuidara y prometió regresar por ellas.

La tarde en que Jack preparaba sus bártulos, Clotha se le echó a llorar.

—No llores regresaré por ustedes. Tengo que buscar la forma de mantenerlas seguras. Aquí estarán bien, tendrán techo y comida. Además, Viola tiene dos años, no puedo exponerla a los peligros de mis escondites.

—Jack, no te vayas. Te necesitamos —le dijo la joven y lo abrazó.

Nadie supo, excepto ella, de los sentimientos que tenía por su primo, un amor que enredaba la pasión de lo prohibido. Jack la besó en la mejilla, la abrazó fuerte, tanto, que ella pudo sentir en detalle, su bien formada espalda y los brazos. Aunque Jack solo tenía quince años, lucía mayor por su estatura.

Partió esa misma tarde con la promesa de regresar. Caminó hasta el río sin saber hacia dónde lo llevarían sus pasos. Se quedó observando la cascada que caía desde una montaña y desembocaba en la corriente del río. Por suerte, una caravana de nómadas pasaba cerca del río. Ellos llegarían hasta la provincia de Melas para establecerse por un tiempo. No tuvieron reparo en aceptarlo; necesitaban hombres jóvenes para ayudar a cazar y defenderse de los bandoleros que intentarían robarles las pocas provisiones que tenían. Lo adoptaron desde el primer momento como a un hijo.

No se supo de Jack por meses. Ante su ausencia, la gente de la aldea elucubró historias sobre su desaparición. Decían que, probablemente, había muerto de hambre o fiebre negra, o que quizás había caído en algún enfrentamiento con tropas enemigas. Al cabo de varios meses, Clotha se desesperó, pensó que su primo las había abandonado y huyó de la aldea con la niña Viola.

Pasaron quince años…

—Jack, ¿en qué piensas? —preguntó su mejor amigo, Frederick.

El hombre corpulento no contestó. Se quedó afilando la espada. Tenía la mirada perdida en Atila, su espada, nombre que le otorgó al punzante porque se identificaba con el metal del estoque: frío, incapaz de sentir, de amar. Cargaba con la desilusión, con las despedidas prematuras, con los abrazos que no dio, ni los besos que no le dieron. Se convirtió en un guerrero poseedor de un cuerpo que podía servir de inspiración para cualquier escultor que tallara estatuas de dioses ajenos. Su espalda ancha estaba inundada de cicatrices.

Jamás volvió a ser el mismo joven cariñoso. Se traumatizó más cuando seis meses después regresó a la aldea con la esperanza de gestar una nueva vida con su prima y su hermanita, pero nadie pudo hablarle sobre su paradero. Por ello, Jack se convirtió en la réplica del rencor.

19

Desvió la vista del arma y se volteó para mirar a Frederick.

—Es tiempo de regresar. Gracias a tu gente adopté destrezas, mañas, me enseñaron a cazar, a sobrevivir en esta vida miserable y a manejar las armas, en especial...

—Sí, Atila, la espada que tu padre te dejó, el amuleto de suerte, la que cargas desde los quince. No hablas de otra cosa que no sea tomar venganza.

—Voy a regresar, Frederick, ya no soy el muchacho indefenso —le aseguró, y volvió a mirar la espada.

—Estás obsesionado.

—Cobraré la muerte de los míos.

El hombre de cabellera indócil, sombra de barba y cicatriz sobre la ceja izquierda, se convirtió en un valiente luchador. Varón que lo enfrentara en duelo, pleitos y batallas, tenía las de perder. Todos le temían. Era una persona de extremos abismales; reaccionaba de acuerdo con lo que pensaba. Su destreza al utilizar las armas era motivo de cuentos nocturnos. Sus amigos en la aldea elogiaban su forma de combatir porque, sin ser noble, poseía las características de un caballero perteneciente al ejército de un rey. Era valiente, capaz de pelear con gran coraje contra aquellos que intentaban mantenerlos atemorizarlos, enfrentándose con gallardía sin medir consecuencias. Lo único que le causaba paz era defender lo que creía justo. Tenía el dominio de los arcos, la ballesta, las lanzas, los lucios y las hachas. Aunque, lo más que los impresionaba era el manejo de la espada, con la que luchaba mano a mano contra los enemigos. Nunca retrocedió ante ningún rival, fue por ello por lo que lo apodaron el caballero Jack, a pesar de que jamás recibió un título de nobleza.

Días más tarde, el místico jinete montaba a su fiel caballo blanco.

—¡Corre rápido, Armiño! Falta poco para llegar a la provincia de Kent. Tengo cuentas pendientes.

Capítulo 2:

LUNA LLENA

Un aullido sostenido se escuchó desde el frondoso bosque rompiendo con la quietud del reino de Kent.

—Los lobos cantan. Otra noche igual —se lamentó Clotha, cubriéndose con la vieja frazada.

Deseaba pensar que eran los efectos del vino que bebió sin permiso. Los probaba cuando los servía a la realeza de otras provincias. La sirvienta, cada vez que recogía las copas, aprovechaba las sobras que dejaban los invitados y las echaba en una vasija que escondía en la cocina. Memé, la cocinera, se encargaba de darle las tareas para que, junto a la servidumbre, atendiera a las distinguidas amistades del rey. La corte recibía a los séquitos de cada familia en la torre del Homenaje. Todos debían esmerarse para que los visitantes estuvieran a gusto.

En las noches de fiesta, las doncellas vestían voluminosas faldas de seda con ajustados corpiños. Mostraban sus atributos para incitar las miradas lujuriosas de los caballeros ebrios. El propósito de muchas era conseguir un marido adinerado. Sobre las mesas sujetadas por zócalos de madera no faltaban las uvas, el mazapán, el *gouda* y el pescado. El vino se desplazaba de punta a punta en el gran salón, mientras los nobles caballeros, ante el derroche de buen gusto y hospitalidad, levantaban las copas de plata con el emblema de la corona y vociferaban: "¡Viva el gran Maximiliano!".

Las imágenes de las fiestas y de los sorbos de vino que acumulaba en la boca, se sucedían en la mente de Clotha, quien daba vueltas en la cama y recordaba las palabras de Memé.

Su majestad dice que esta noche ayudes a servir la cena para los condes de LaValle. Vieja, qué ilusa eres, si supieras las veces que su majestad se retorció entre mis frazadas.

Entre pensamientos y sin poder conciliar el sueño, deseaba que la sirvieran a ella. Secó una lágrima furtiva y cerró el puño con rabia. Se remontó a los días cuando llegó al palacio con apenas diecisiete años. Recordó aquella época cuando era una moza de larga trenza negra y buenas curvas. Llegó con la pequeña Viola de dos años en los brazos. Imploró trabajo a cambio de techo y comida. La llevaron directamente a la cocina, donde se arremolinaron los maestros cocineros para protestar porque mientras más empleados hubiera, menos dinero ganarían.

Algunos empleados se negaban a darle la oportunidad argumentando que parecía tener influencias del más allá. Ella intentó explicarles su necesidad de trabajo, pero la mayoría no quiso escucharla. En ese momento Memé intervino y les dijo: "A ustedes se les dio una oportunidad, así que ella también la tendrá". Y dirigiéndose a Clotha añadió: "Déjame hablar con su alteza, veré qué puedo hacer". Memé pidió una audiencia con el rey, quien luego de escucharla, permitió que la hermosa joven se quedara; pensó que la pequeña Viola sería una buena compañía para su hija, quien resentía la muerte de su madre.

Clotha recordaba cómo pasó de ser "la nueva", a ser una de las concubinas del rey. Contrario a lo que muchos pensaron, no accedió a los avances de este por estar interesada en su dinero, sino que se sumergió al arrollador efecto del amor y el embriagante hechizo de sus palabras: "Mi Clotha, eres una diosa en los menesteres del placer. Eres un poco más que luna y estrellas: eres mi amanecer". Era lo que decía el rey borracho por el alcohol e hipnotizado por el olor casi virginal de la muchacha. Aunque él estaba consciente de que la sirvienta era una más, no podía evitarla. Lo perturbaba el movimiento de las caderas de la joven al hacer el amor; ella sabía cómo dominarlo.

Aunque lo tenía todo, con frecuencia el rey se sentía triste. Acostumbraba a tomar cuando caía en los profundos episodios de melancolía. En ese momento el cuerpo le pedía lujuria, carne, olor, placer. Entonces, cobijado por las sombras, entraba al aposento de alguna de las sirvientas, la que fuera. Durante unos años todo funcionó bien. Ella le servía de desahogo mientras él le servía de aire, de comida, de vida. Llegó el momento en que el soberano se cansó de la piel con olor a leña de Clotha y se dirigió hacia otra. Cuando ella se enteró, lo consideró una traición, y se echó la culpa: "Ya no le sirvo, ahora dice que apesto a cenizas, que sudo alcohol y que me convertí en hiena".

Una brisa fría penetró en la pequeña ventana incrustada en la pared rocosa de la alcoba y la sacó de las dolorosas remembranzas. Presagió que algo estaba por suceder.

Tengo que avisarle a Sam.

Buscó las pantuflas raídas. Se tocó el pecho. El corazón se le había desbocado como ciertas bestias de cargas cuando escuchan un sonido inusual. Con las manos heladas tomó la linterna y salió de puntillas. Era tarde, todos dormían. Sigilosamente caminó desde la torre Sur, donde se hospedaba la servidumbre, hasta la Torre Principal. Apresuró el paso por los anchos y largos pasillos; los candeleros iluminaban los rostros de los cuadros que adornaban las paredes del palacio. Eran retratos de antepasados, una colección de reyes, reinas, condes y vizcondes que habitaron el castillo.

Clotha sentía los ojos de las figuras plasmadas en los óleos acusándola de incitadora, de traidora, de puta. Los imaginó cobrando vida, saltando de los lienzos para llevarla a la horca. Al llegar al Patio de Armas que conectaba con las caballerizas,

23

relincharon algunos de los caballos de pura sangre, sobre todo Suspiro, el caballo de Anael. Tropezó.

Malditas bestias; también lo presienten.

Caminó mirando a todas partes como si de cualquier lugar le pudieran lanzar saetas. Llegó hasta el aposento del cuidador de las caballerizas, y tocó la puerta de madera con desespero.

24

—Sam, despierta.

Escuchó cuando el jorobado movió la tranca para abrirle.

—Mujer, ¿qué buscas? Sé que no soy el tipo de hombre que visitas a estas horas —refunfuñó entre bostezos.

—Ven, sal al patio, mira…

Indeciso, Sam siguió a Clotha. En un recodo se les develó el cielo nocturno. Observaron cómo el resplandor de la luna llena los iluminaba. "La luna", pensaron, mientras intuían la llegada del caballero Jack.

Sam se quedó embelesado; era como si el potente resplandor del astro nocturno arropara el palacio. Lo recordó todo…

Han pasado quince años y es la misma luna de aquella noche, el canto de los lobos, el relinchar inquieto de los caballos.

Se transportó a su niñez. Tenía diez años cuando asomó su carita por la puerta entreabierta y escuchó a Memé anunciarle la tragedia al rey. Sus padres fueron fieles servidores de la Corona. Sam nació y se crió con los nobles, claro, pero como un hijo de los sirvientes. El pequeño jorobado era la burla de todos. Cargaba con una prominente joroba y un mal carácter crónico que lo hacía lucir mayor y contrastaba con su peculiar cabellera de rizos suaves. El joven de ojos cafés contaba con el afecto del rey y de Anael, quienes lo protegían de la burla de los demás. Para ellos, Sam y Memé llenaban el vacío que dejó la difunta reina. Creció con el amor de sus padres y la crueldad de los más afortunados. Los progenitores de Sam lo engendraron ya mayores de edad. Los habitantes del palacio aseguraban que fue un milagro. Con el tiempo aprendieron a verlo como uno más.

Todos recordaban la noche en que se esparció el rumor de la desgracia; en especial Clotha. El día del accidente ella llegó al palacio y vio a Sam llorando en una esquina de la cocina con los ojos hinchados. El carruaje en que viajaban los progenitores del jorobado se desbocó por un barranco cuando regresaban de llevarle un recado a lord Mauricio Scott, un amigo de francachela de su alteza, quien, por casualidad, también era viudo. El noble vivía en un gran palacete de cuatro torres cerca del trayecto que conducía hasta el lago Índigo.

Después de un luto que duró dos años, el soberano planificaba hacer una gran fiesta. Luego de la muerte de su esposa parecía estar encerrado en una especie de jaula forrada de lujo. Deseaba consultar los detalles con su amigo, intentaba vivir, pero intentar vivir era seguir muriendo. Por ello, envió a sus incondicionales sirvientes, los padres de Sam, para llevarle la invitación para la celebración.

No todos aceptaron la muerte de los progenitores de Sam. Los campesinos de los poblados cercanos comentaron diversas historias sobre un jinete fantasma. Aseguraban que no hubo tal accidente. Pregonaban con sorna que el caballo blanco de un joven al que llamaban Jack se les atravesó en el camino cuando intentaron cruzar la densidad del bosque. Se decía que en la espesura de la selva estaban las diversas cuevas que usaba como guaridas. Le llamaban guerrero, soldado, ánima, pero en lo que todos coincidían era que se escondía entre los pincarrascos y aparecía para realizar fechorías en las noches de luna llena. Afirmaban que pocos habían logrado atravesar, sin perder la vida, el camino que llegaba al lago. En fin, rumores o verdades, fueron a dar a los oídos de Sam. Desde entonces se obsesionó con capturar al que causó su desgracia. Hizo al caballero Jack responsable de haber perdido a sus padres, de vivir de la

25

caridad de otros. Volcó en él todo su odio por la vida, por su deformidad, por no haber tenido novia, ni sexo, porque todos lo veían como un mueble que llevaba años en el mismo lugar. Y ahora que se había convertido en un hombre de veinticinco años, aunque con la mentalidad de un niño, su obsesión por encontrar al guerrero era mayor.

Los regaños de Clotha interrumpieron los recuerdos de Sam.

—Cierra la boca, menso, y ya deja de mirar el cielo. Ahora lo que falta es que la loca comience con los gritos —dijo la amargada sirvienta.

—Mujer, no hables así de la hija del señor.

—Anael está loca, loquísima. Presume que lo ve, dice que puede conversar con Jack. ¿Te das cuenta? Por eso la encerraron —reclamó con voz bajita, mientras Sam continuaba ensimismado entre recuerdos.

—Sam, mírame —le exigió tocándole el brazo.

—Dime, mujer.

—Nadie sabe si Jack vive. Recuerda que la gente habla y habla, sin embargo, nadie puede asegurar nada; yo dudo. Si alguien pudiera alardear de haberlo visto sería yo, sí, yo, que lo quise, y me quedé encargada de Viola, su hermana. Es a mí a quien le debe agradecimiento, a mí —le aseguró disminuyendo más el tono de voz.

Pasaron inadvertidos por el cuartel de la guardia intentando llegar hasta el puente levadizo sobre la pequeña fosa, donde tendrían mejor vista del cielo nocturno. Caminaron un poco más; de repente se escuchó un grito estremecedor. Venía de la torre Esquimera.

—Papá, sácame de este encierro. ¡Jack ha venido a visitarme!

Todo el aposento de la princesa se iluminó con el intenso resplandor de aquella luna. La brisa atravesó los barrotes de hierro. Ella asomó la cara, sintió la brisa fría, tanto como la tristeza que le producía el encierro. Anael, la hija del rey, tenía la mirada azulada, ojos rasgados, era espigada y tenía rayos de sol en el cabello. Sus labios poseían el color de una sandía. Todos comentaban sobre su belleza. Era huérfana del afecto de una madre, del arrullo, de una inédita canción de cuna. Era la loca, la comidilla de todos. Su extraña conducta hacía que la clasificaran como desajustada; a veces hablaba sola. Memé la apoyaba en sus alucinaciones.

Anael tenía la costumbre de pasear por la rosaleda para buscar flores de madroño. Las damiselas rabiaban por su hermosura al verla caminar por los jardines del palacio. El rey, con tal de complacerla, dio órdenes de sembrar el jardín más espectacular de todo el reino frente a la capilla. Las florecillas blancas colgaban de las ramas de los árboles y, cuando el sol las iluminaba, se les veía un aura mágica. Anael sonreía cada vez que llenaba la cesta.

Desde que nació su hija, el rey la amó con lástima. "Mi pequeña, ¿cómo haré para cuidarte sin la ayuda de Carola? No tuve opción, tenía que escoger. Tu madre estaba muriendo por la fiebre negra", fueron sus pensamientos el día que Memé se la colocó en los brazos. Lo aterraba pensar que su hija heredara los espíritus malignos que le atormentaron la mente a la bisabuela y a gran parte de la familia de su esposa.

Anael no siempre estuvo privada de la libertad. La encerraron después de cumplir los diecisiete años, luego de la noche en que llegó desorientada asegurando que estuvo con el caballero Jack. Desde pequeña, la princesa se las ingeniaba para escuchar historias sobre el guerrero. Cuando cumplió los quince años su fijación por él aumentó. En las noches de luna se dejaba llevar por los instintos. Sus manos se deslizaban juguetonas por debajo de la frazada para acariciarse entre las piernas mientras pensaba en Jack. Lo hacía con frecuencia para poder quedarse dormida. El rey, por temor a que se fugara o se agrediera nuevamente, decidió tomar medidas drásticas porque su hija lo era todo.

No obstante, ella pasaba las noches al borde de la ventana para ver a su amado. Los barrotes oxidados le producían laceraciones en las manos. Ella se las miraba, y al verlas sangrar, sonreía, y luego se las limpiaba con el camisón. La tela blanca se manchaba de rojo, y ella reía, lloraba, reía, lloraba…

Maldita luna, tráemelo de vuelta, déjame tocar sus manos. Necesito sus manos. Déjame besarlas otra vez. ¿Quieres? Jack, no me mires así, exijo respeto; soy la princesa. ¿Vendrás por mí? Sácame de este infierno porque nadie me cree. Solo tú sabes lo que hemos vivido. Me conoces, fui tu mujer solo una vez, pero fui tuya. Sé que volverás porque te pertenezco. Me deseas tanto como yo, me lo dijiste. ¿Loca? Sabes que no lo estoy. Nada es producto de mi imaginación. Es el rey, sí, Maximiliano, mi papá; por él estoy encerrada.

En el momento en que los gritos despertaron a todos, se escuchó el sonido de las llaves de Memé. Para ella la princesa era su eterna bebé, la crio con pena. Cuando supo que la reina Carola no sobreviviría luego del parto, se ofreció para ser su ama de cría.

Para ese tiempo Memé estaba fuerte y robusta, aunque siempre estaba muy triste. Se había enterado de que el siervo con quien tenía amores en el castillo se había casado y se marchó a otra provincia sin avisarle. Ella sufrió al enterarse porque esperaba un hijo. Todos en la corte aseguraron que, del mal rato, perdió el embarazo. Como tenía la confianza del rey, este aceptó que ella amamantara a su hija. Por tal motivo, se consideraba otra madre para la princesa. El amor entre ambas era recíproco.

Memé introdujo la llave en la cerradura de hierro y atravesó la inmensa puerta en forma de arco. Cargaba con una jarra de agua tibia y paños limpios para curarle las heridas. Ya era habitual que Anael empeorara en las noches de luna.

La nana la curaba, la miraba con ternura y luego le cepillaba el cabello.

—Niña, despertarás a tu padre. Vamos, acuéstate y no vuelvas a la ventana. Hoy el caballero Jack no vendrá. Come algo, no te alimentas bien desde ayer.

—Memé, no estoy loca. Hazle saber a todos que no miento.

—Anael, pon de tu parte. Te acusarán y dirán que estás endemoniada. Sabes que tu padre hizo traer a un exorcista la otra vez que te pusiste así de obsesiva.

—¡No! El agua bendita arde, duele... Aunque más duele no poder ver a Jack.

Capítulo 3:
LA GUARDIA

Esa mañana el palacio estaba en calma. Apenas amanecía y los soldados hacían guardia desde el pináculo. Este era un lugar alto en la estructura; desde ese punto la vista era impresionante. Se podía admirar el verdor del bosque y el misterioso halcón que emigró de tierras lejanas. Cuando se acercaba con su vuelo intermitente, su mirada acusatoria parecía anunciar desgracias. Desde el pináculo se podían observar los atrios del palacio. Los guardias fijaban su atención a la empalizada frente a la fosa para evitar que extraños merodearan el palacio. No podían acercarse a los predios bandoleros, lobos, y menos los soldados de Lord Marquis, un rey conflictivo que tenía su palacio en la provincia de Melas. Él estaba en guerra con el rey Maximiliano; competían en riquezas y poder.

Todo estaba listo para el cambio de la guardia.

—General, la noche fue tranquila. Quizás como no hubo luna, tampoco hubo disturbios—le informó el soldado a su jefe.

—Menos mal. Sabemos lo ruidosas que suelen ser esas noches cuando se posa la luna sobre el palacio. Pues, como sabes, siempre merodean extraños y los lobos se alteran demasiado —le contestó el general.

La expresión de miedo en su rostro contrastaba con lo imponente de la indumentaria: un casco de metal, sotana blanca de hilo y una correa de cuero con doble vuelta adornada con espadas filosas a cada lado. El soldado se le acercó a su jefe para que lo escuchara mejor.

—Ni hablar de las historias de Jack. La hija de su alteza y Sam no hacen otra cosa que creer en esos cuentos. Aunque dicen que está muerto —comentó el fortachón.

—No me diga que usted cree en fantasmas —contestó el general de ojos rasgados evitando reírse.

—Anoche tuve pesadillas. Cuando desperté me enredé con la frazada, y te juro que vi una sombra en el espejo.

—Seguro fue un sueño.

—¿Y si está vivo? —preguntó el musculoso soldado con tono agitado.

—Compañero, a descansar. Vaya, que yo me quedo.

Mientras tanto, Memé preparaba la masa para hacer pequeñas hogazas de pan con miel. La regordeta cocinera y nana de Anael sabía más secretos que el resto de la servidumbre, incluyendo al rey. Supo de las amantes que entraban y salían del palacio y también de los encuentros casuales del soberano con algunas sirvientas, entre ellas, Clotha. De ese modo, el hombre consolaba la tristeza que tenía después de la muerte de su esposa.

"Te extraño, Carola. ¡Maldita fiebre negra!", eran los constantes pensamientos del soberano que parecían taladrarle la cabeza en las noches cuando el vino enardecía los recuerdos y le alborotaba los adentros.

Para ese tiempo Memé, luego de terminar sus labores con la niña Anael, espiaba los encuentros clandestinos entre Clotha y el rey. En ese periodo la princesa y Viola tenían cinco años. Clotha acababa de cumplir los veinte y estaba en el esplendor de la juventud. Era poseedora de unos senos redondos, unos labios carnosos y una cabellera oscura con un mechón blanco reluciente; atributos que supo utilizar en el momento de seducir y dejarse seducir por el monarca.

Memé recordaba aquellos tiempos cuando la princesa era una niña:

—Anael, duérmete, mañana vendrá un mago al palacio. Su padre autorizó para que la niña Viola celebre contigo el día de tu santo, y Clotha no podrá oponerse a traerla —le decía Memé a la otra huérfana.

—¿Viola puede ser mi hermana? Puedo prestarle mis vestidos y las muñecas.

—Niña, han crecido juntas, son casi hermanas —le decía besándola mientras la arropaba con una frazada de seda.

—Memé, no te vayas hasta que me duerma.

—Está bien —contestaba la nana.

Minutos después, la dulce mujer la dejaba dormida. Antes de marcharse, le apagaba el impresionante candelabro de plata que estaba sobre la mesa, soplaba una a una las velas de los nueve brazos, se persignaba y le echaba la bendición.

Clotha se aprovechaba de sus encantos para acostarse con el rey cuando él se lo permitía. Ella se las ingeniaba para robarles los vestidos a las doncellas de la corte. Eran de telas suaves y coloridas, con corpiños ajustadísimos. La envidia la carcomía cuando había festejos y se escondida detrás de unas cortinas para ver a las damas entrar con exuberantes y lujosos trajes. Soñaba con que el rey viera cómo podía transformarse en una dama de sociedad. Quería que la viera bonita y no con el uniforme marrón de falda ancha, el pañuelo anaranjado y el horrible gorro que tenía que usar. "Parezco una tarada", pensaba la sirvienta.

Intuía las noches cuando la nostalgia azotaba al rey, entonces dejaba dormida a Viola y se escapaba. Tenía la costumbre de coquetear con los soldados que vigilaban la entrada para que le dieran acceso al salón real. Esperaba, en silencio, escondida en alguna esquina. Ella les pagaba el favor a los soldados con un beso, acompañado de la posibilidad de darles unos minutos en cualquier escondrijo del castillo. En ocasiones se arrodillaba detrás de alguna columna para hacer lo mejor que sabía hacer. En pocos minutos el soldado introducía su obelisco en la boca, y ella, experta en esos menesteres, los despachaba satisfechos. No le gustaba hacerlo cuando el soldado no era de su agrado, en esos momentos hacía gemidos exagerados para que el de turno eyaculara rápido y así salir del paso.

34

Clotha era una mujer astuta, capaz de hacer lo que fuera para atrapar al rey. Deseaba tenerlo adicto a los placeres de la carne. Por tal motivo, se las ingeniaba para visitar un burdel cerca de la calle del mercado. El rey Maximiliano les había prohibido a las "mujeres públicas" ejercer la profesión en las calles, por ello un grupo de hombres nobles, de gran poder adquisitivo, creó el prostíbulo "La Fortunata", el que se convirtió en uno de los lugares más famosos de la provincia de Kent. Decenas de sus clientes y una buena parte de extranjeros de provincias cercanas, visitaban frecuentemente el lugar por la buena impresión que les causaban sus meretrices. Los fundadores de la casa de putas pensaban que era un mal necesario para controlar los impulsos primarios de jóvenes, de modo que no abusaran de las damas que no vendían su cuerpo. El vino y el jolgorio eran ingredientes perfectos para favorecer las relaciones sexuales entre rameras, nobles y plebeyos; por eso se decía que de La Fortunata todos salían satisfechos.

El lugar tenía paredes de rocas, las mesas estaban hechas con grandes barriles con topes de madera, y la luz tenue de los candeleros, iluminaban las dos escaleras laterales hacia el segundo nivel. Arriba estaban los aposentos para darles placer a los visitantes; cada uno tenía frazadas rojas sobre el lecho, lo que parecía excitar a los hombres.

La astuta sirvienta, a quien le encantaba aprender las mañas de las prostitutas, utilizaba un antifaz rojo, también robado, para evitar que los soldados del palacio la reconocieran, especialmente el jefe de la guardia. El hombre estaba obsesionado con la Madrina, dueña de la casa de citas. Todo porque ella le mordía las tetillas cada vez que tenían sexo. Una costumbre que Clotha aprendió y utilizaba con el rey para enloquecerlo antes de que se derramara de placer sobre su piel. Solo que ella únicamente le mordía la tetilla izquierda.

El salón real del castillo del rey Maximiliano impresionaba por lo majestuoso y la decoración con detalles en oro. Tenía inmensos espejos enmarcados en bronce bruñido. Una secuencia de los retratos de sus antepasados adornaba la impresionante escalera de jaspe rojo. El techo en forma de bóveda tenía molduras de oro y una larguísima alfombra roja que señalaba el camino al trono. La sirvienta-amante, sabía exactamente cómo hacer para que el rey enloqueciera de placer. "Majestad, ¿desea otra copa?", le preguntaba en el oído introduciéndole la lengua.

El gobernante de la provincia de Kent se deleitaba observándole los pechos firmes que le sobresalían del ajustado corpiño que le había robado a una dama de sociedad. La mujer tenía algo que no podía explicar, pero su sonrisa alborotada lo embriagaba. Su aroma le provocaba enredarse en su cuerpo, como lo hace una enredadera en un tronco fuerte. Clotha sabía cómo mover las manos para erotizarlo. Vigilaba cada paso para que fuera su cómplice en la seducción.

"No dejes de besarme. Más, te lo ordeno", le decía el rey poseído por algún espíritu libidinoso que aparecía ante el compás de sus caderas. Ella lo domaba como domaban los soldados a los potros salvajes. Se le encaramaba, soltaba su larga trenza negra, el mechón blanco le resaltaba y se dejaba caer el cabello sobre los pezones humedecidos con vino. El rey usaba su piel como reservorio por el que pasaba el elixir que se combinaba con el sudor de la mujer. Él lamía cada palmo mientras ella reía al verlo dócil, entonces le mordía la tetilla izquierda para que él avanzara a desbordarse sobre sus pechos.

35

Clotha practicaba la nigromancia, por eso tenía la certeza de que el hechizo que hizo en el bosque funcionaba. Unas campesinas del poblado, quienes también hacían hechizos, le dijeron cómo preparar el brebaje. Tenía que beber sangre de oveja mezclada con su propia sangre. Luego de colocarse varias gotas en lugares estratégicos del cuerpo, los hombres enloquecían con el sabor marino que adquiría la piel de la mujer.

La aparente serenidad de la sirvienta contrastaba con su capacidad de conspirar para lograr sus metas. Había logrado subyugar al jorobado, quien por mirarle los pechos nunca supo de qué color eran los ojos de la mujer. El joven robaba carneros para degollarlos y ofrecerle la sangre a la singular criada.

—¿Y mi premio? —le preguntaba luego de entregarle la presa.

Ella se bajaba la blusa y le decía:

—Está bien. Míralos y no los toques.

En ese momento, ella se humedecía un dedo con saliva y se lo pasaba por los pezones.

—Ahora, lárgate.

El tonto de Sam se quedaba inmóvil, mirándola con los ojos muy abiertos mientras dejaba en su pantalón una mancha de placer.

Los cuervos del bosque fueron testigos de la sangre de oveja que tragaba Clotha durante su ritual diabólico. Poseída por varios espíritus gritaba con la boca ensangrentada.

—¡Maximiliano, eres mío!

La lujuria entre la sirvienta y el rey duró poco tiempo. El soberano era sabio. Se enteró de que ella tenía malas mañas, de las cosas extrañas que realizaba y que no simpatizaba con Anael. Además, lo hartaban sus celos enfermizos. Por ello comenzó a rechazarla. "Clotha, no eres la misma, ahora te la pasas ebria y hiedes a vino rancio. Te convertiste en una alimaña que desconozco. Vete, sal de mis aposentos", fueron las palabras del rey la última vez que ella intentó seducirlo.

La joven se frustró. La palabra hiena le retumbó en las sienes durante mucho tiempo. Se refugió más en la bebida, en amoríos furtivos con los soldados quienes, únicamente, la utilizaban para satisfacer sus necesidades y luego la desechaban repleta de los fluidos de todos. En el castillo se corrió la voz de que Clotha siempre estaba solícita para dar placer. Muchos de los soldados vivían en provincias lejanas y trabajaban por meses en el palacio. En el invierno, algunos regresaban a sus casas para compartir con sus esposas antes de la llegada del nuevo año. No obstante, procuraban escaparse hasta los aposentos de la candente sirvienta antes de partir. No les importaba lo que tuvieran que esperar, hacían turno, porque ella era insaciable.

Así pasaron los mejores años y Clotha se quedó solterona. Con el paso del tiempo, sustituyó el amor por resentimiento hacia el rey y por un odio irracional hacía la princesa.

Memé interrumpió sus pensamientos para darle instrucciones a Clotha. La treintona preparaba con desdén una bandeja con dátiles, manzanas, queso de cabra y las gachas de avena. Luego llenó las copas con jugo de cerezas.

—Date prisa, mujer, debes ayudarme a servir el desayuno. Tiene que estar listo antes de que el rey despierte.

—Ya va —murmuró apretando los dientes.

Se limpió las manos con el delantal y, con disimulo, escupió dentro de la copa del soberano.

Mi rey, bien hiciste en llamarme hiena. Pronto sabrás de lo que soy capaz. No te dará la vida para pagarme por tu desprecio.

Capítulo 4:
LA CALLE DEL MERCADO

La concurrida calle del mercado estaba, como siempre, repleta de vendedores regateando los precios de sus mercancías y campesinos haciendo trueques. Era el punto de encuentro favorito de los habitantes de la provincia de Kent. Allí se reunían para hacer las compras y comentar las historias más recientes del caballero Jack. Había mucho bullicio debido al gentío. Una mezcla de fragancias a especias, frutas y flores se unía a los olores agrios de los sudores viejos. Las telas de texturas suaves colgadas en estandartes de maderas ubicados frente a las tiendas danzaban con el viento.

En ocasiones, la niña Anael acompañaba a Memé porque sabía que en el mercado escucharía sobre el guerrero, lo que alimentaba su obsesión por él. Desde niña la princesa escuchó las historias del soldado convertidas en leyendas que se pregonaban en el castillo.

Fue en una de las visitas a la calle del mercado que Anael escuchó a unas campesinas conversando sobre su tema favorito: Jack.

—Te lo juro, dicen que ronda cerca del lago Índigo y busca vengarse de los culpables de la muerte de sus padres —dijo una de ellas.

—¿Será bueno o malo? Sabes que el juglar cuenta que le salvó la vida. Y aunque fuera malo, con ese me quisiera perder en el bosque para hacer travesuras. Una amiga me aseguró haberlo visto, dice que es muy guapote —le respondió la otra campesina llevándose una manzana a la boca.

Había quienes aseguraban que el caballero Jack era un ser noble. Los campesinos comentaban que se les aparecía por la madrugada y, aunque los asustaba, lo que intentaba era espantarles el ganado para que ellos pudieran mover las reses con facilidad. Se decían muchas cosas del popular jinetero. Todas eran contradictorias. También lo acusaban de quemar las casas de los hacendados pudientes y decapitarlos con su espada. Lo mismo lo clasificaban de santo que de bandido.

Precisamente, en la pintoresca calle del mercado, Anael se encontró con el juglar. Era un hombre en sus treinta y tantos, de buen ver, ojos almendrados y unas canas incipientes en su abundante cabellera. Estas les daban un aire seductor. Viajaba de provincia en provincia declamando y cantado con su laúd sobre el día en que el caballero Jack lo salvó. Sin duda, un personaje interesante para los visitantes que frecuentaban el mercado y se arremolinaban para escuchar lo que decía:

Y lo que hablen de mí ha de importarme un comino.
He venido con afán cantando con alegría,
que El caballero Jack a mí me salvó la vida.
El temido aparecido es un hombre, no un bandido,
al que estaré agradecido por rescatarme los huesos.
Y aunque lo acusen de engendro,
este pobre aventurero defenderá con esmero al eterno caballero.

Al peculiar hombre lo daban por loco. Su excéntrica personalidad provocaba ser odiado por la realeza y amado por otros. Su inigualable vestimenta no permitía que pasara desapercibido: boina con camafeo y pluma blanca, jubón ceñido, unas mangas abultadas y una capa hasta la pantorrilla con todos los colores del arcoíris. La princesa Anael quedaba fascinada cuando iba a la calle del mercado de la mano de Memé, y escuchaba al juglar contar historias de Jack. Le suplicaba a su papá que le permitiera acompañarla cuando su nana quería forcejear con los mercaderes para que le consiguieran extraños ingredientes que resaltarían el sabor de sus cocidos.

Para ese tiempo la niña tenía diez años. Le gustaba aspirar los olores del cardamomo, los granos del paraíso, el jengibre y la nuez moscada. *Memé, huele a dulce.* Los frecuentes viajes solo se podían efectuar si la princesa iba acompañada por una doncella y dos soldados de la escolta del rey. *Gracias, papá, verás cómo aprendo a comprar especias. Ayudaré a Memé a cocinar; ella me deja hacer el pan a mí sola.* Era lo que le decía al rey, y corría para darle un beso luego de conseguir el permiso. Su padre estaba en desacuerdo de que una princesa entrara en la cocina para estar con la servidumbre, pero ella siempre buscaba la forma de hacerlo.

Anael fue una niña alegre a pesar de ser huérfana. A los que vivían en el palacio les gustaba verla sonreír y corretear por los largos pasillos de mármol rojo alicante. Todos, excepto Clotha, la consentían. Era traviesa y conocía varios de los pasadizos secretos del castillo. Cada vez que tenía la oportunidad se las ingeniaba para llegar hasta el puente de la pasarela y, desde lo alto, observar la fosa. Después llegaba a la barbacana y se encaramaba para observar a los forasteros que se acercaban a contemplar la majestuosa estructura amurallada.

—¡Niña, bájese de ahí, es peligroso! —le ordenaban los guardias cuando la descubrían.

Los actos de acrobacia y los intentos de escapismo fueron frecuentes hasta que llegó a la adolescencia y desarrolló otros intereses.

Las mejores fiestas del castillo eran en honor a la princesa. El rey la sorprendía con regalos originales y diferentes. Su padre le traía al bufón de la boca grande que tanto le gustaba.

—Viola, es muy gracioso. Lo trajo papá, es para las dos. Recuerda que lo mío es tuyo y lo tuyo es mío.

—Te quiero, Anael, siempre seremos como hermanas —le contestaba la pequeña.

Viola, la otra huérfana, era una niña tímida, flacucha, con el cabello muy largo y lacio, y unos expresivos ojos. Su única mácula era la quemadura en la pierna derecha, a consecuencia del fuego cuando tenía dos años. Pestañaba rápidamente sin poder evitarlo. Ella desconocía cómo había llegado al palacio. Tampoco sabía que tuvo un hermano mayor llamado Jack. Clotha nunca le reveló su origen. El día que llegó al castillo, luego de fugarse de la aldea, mintió. Estaba frustrada por el abandono de Jack, su adorado primo, y se limitó a pedir trabajo. Los siervos que la vieron llegar con Viola en los brazos le cuestionaron sobre la pequeña. Ella dijo que era una pariente, y se inventó que la madre se la encargó antes de morir de fiebre negra.

***

Pasaron los años.

Anael era una joven bella cuando cumplió los diecisiete años. En ese tiempo, el delirio que sentía por Jack se había incrementado a tal punto, que todas las noches lo soñaba. Procuraba excitarse acariciándose los senos, y frotándose por debajo del camisón de seda. También se escondía para escuchar a Sam hablar con Memé sobre las historias de su enamorado invisible.

En el palacio todos sabían que el jorobado vivía obsesionado con capturar a el caballero Jack y vengar así la muerte de sus padres. Lo culpaba de haber quedado huérfano y de sentirse como un desgraciado. El tema predilecto del hombre inmaduro era el fantasmagórico guerrero. No hacía otra cosa que comentar sobre los eventos ocurridos en las distintas provincias.

—Es un bandolero. Ya verás, Memé, falta poco. Solo un descuido y lo atraparé.

—Cállate, muchacho, y traga antes de hablar con la boca llena. Ese hombre está bien muertito. Nadie sabe nada; lo que dicen son invenciones. Y cuídate de que no te escuche mi muchacha, porque está pendiente de las historias retorcidas que cuenta la gente —regañaba a Sam apuntándole con el cucharón de madera.

El palacio parecía estar pintado de plateado cuando aparecía la luna llena. Anael no perdió la costumbre de escabullirse por los pasadizos secretos del palacio. Esa noche, el cambio de guardia demoró más de lo debido. Nadie la vio salir del castillo. Caminó un poco y, aunque estaba asustada al escuchar los aullidos sostenidos de los lobos, continuó por el tenebroso bosque. El halcón que se posaba sobre la enorme roca la observó cauteloso.

Miraba el firmamento. El viento movió las ondas de su cabello rubio. Llegó a la orilla del río rodeado de pincarrascos. Una sombra se escabulló por unas rocas y se fue acercando a la mujer. Ella no se asustó al verlo; se le agitó la respiración contemplando cómo la luna iluminaba cada músculo del cuerpo que veía frente a ella, y que admiraba al detalle.

Entonces, se le acercó.

—Eres muy bello, fuerte como mi caballo Suspiro —le dijo al equino que había aparecido de la nada y bebía agua.

De pronto sintió unos pasos detrás de ella, unas manos callosas le taparon la boca y una voz ronca le habló en el oído.

—Su nombre es Armiño, es mi caballo.

Capítulo 5:
EL BOSQUE

Anael se quedó atónita junto al extraño que la tenía secuestrada. Las manos del hombre tenían las huellas de años de trabajo arduo. Sintió su calor y un vaho a sudor masculino que la enardeció. Nunca había experimentado que un hombre la rozara de aquel modo. El individuo poseía una voz que le pareció sensual. La tenía agarrada por la cintura, la apretaba con fuerza, le impedía respirar. Con la otra mano le tapó la boca. Él la amedrentaba y ella sentía una extraña sensación de placer que le enardecía los adentros. Sin duda padecía de una casi bochornosa combinación de miedo y excitación.

El guerrero la amenazaba por pensar que era una espía.

—¿Cómo prefieres morir? ¿Te ahorco? No, será mejor arrojarte por un barranco para que las piedras mutilen esa piel que nunca ha visto trabajo. Serás bien recibida por las fieras; tienen hambre. Y no te muevas porque atravieso tu vientre con mi espada.

Sintió la rudeza de sus manos en los labios, trató de morderlo y no pudo. Tampoco gritar, aunque no dejó de intentarlo. Estaban solos, alumbrados por el resplandor del inmenso farol que adornaba el cielo. De inmediato el corpulento varón se percató de que la joven pertenecía a la nobleza. La delataron las alhajas que resaltaban su belleza, parecida a de las vírgenes que solían pintar los artistas de aquel tiempo en cuyos lienzos se manifestaba la pureza de una piel sin huellas. Anael llevaba una diadema de esmeraldas, herencia de la reina Carola. Las piedras de la joya brillaban reflejaban, sin pudor, la luz de las estrellas más valientes.

Para Jack, las joyas eran un conglomerado de estrellas. Las campesinas de la aldea donde vivió por los últimos quince años adornaban sus cabellos de formas distintas. Las jovencitas de la villa confeccionaban coronas de florecillas de jaras blancas para adornarse las sienes en ocasiones especiales, como cuando por primera vez afloraba en ellas el manantial rojizo que las convertía en mujeres.

La luz de la luna, que se reflejaba en los zarcillos de ella, se rompía en diminutos y centelleantes rayos multicolores. Entre el aire nocturno, el sonido de los habitantes del bosque que no podían dormir y los forcejeos de la princesa, la mente de él se trasladó a otro momento.

Recordó cuando discutía con su mejor amigo…

—Jack, no te quedes aquí solo, sal de la cabaña. Nuestra amiga está celebrando que hoy nació en ella la mujer. Vamos, nos esperan —le dijo Frederick.

—No voy, te dije.

—¿Qué te pasa? Todas las chicas están danzando alrededor de la fogata que preparó mi padre. Ven, no te hagas de rogar.

—Ve tú —le dijo, y encogió los hombros.

—¿Hasta cuándo piensas seguir así? Llevas varias semanas desde que te uniste a nosotros y te mantienes solo con alguna fruta del bosque. Ni siquiera quieres comer de nuestro pan.

El adolescente, quien se había mantenido reclinado sobre sus rodillas, levantó la cabeza y lo miró. Para Jack no existía el consuelo desde que los soldados le arrebataron a sus afectos. No había días de sol; todos eran de barrunto y amargura.

Frederick insistía.

—A veces me sorprende lo iracundo que eres. Si bien es cierto que perdiste a tu familia, debes agradecer que eres un hombre fuerte y de buen ver. Eres tan apagado y huraño, nunca sonríes.

—¿Puedes decirme cómo se inventa una sonrisa? —le respondió Jack ante la insistencia.

El ulular de un búho lo hizo regresar de su reminiscencia. Un leve gritillo de Anael le recordó que se encontraba con alguien que, quizás, se hacía pasar por princesa. La mantenía inmovilizada. Evitaba rozarle el delicado torso de ella. Algo tenía el olor de aquella mujer que lo enardecía. Aunque disimulaba, Jack se había entregado a su rehén como se entregan ciertos insectos a las plantas carnívoras. Ella, por su parte, estaba aturdida al sentir los músculos de los brazos del hombre. En un momento de descuido de él, ella atisbó a ver cómo la furia de sus pupilas le resaltaba la mirada. La cicatriz de la ceja izquierda lo hacía lucir arrolladoramente sensual.

El hombre le permitió hablar; ella, de mala gana, se limpió una mejilla.

—Los pájaros lo van a castigar si me hace daño.

El guerrero se confundió; algo extraño percibió de ella. *No está bien.*

—Si no intenta escapar, no le haré nada malo. Imagino que su nombre debe ser "señorita Andariega del Bosque".

—No sea morboso, respete. Mi nombre es Anael.

Él la soltó suavemente. De pronto los rostros se encontraron de frente. Él enarbolaba el asombro y ella, la duda.

La princesa conservaba en la boca el sabor salado que le dejaron las manos del misterioso caballero, una mezcla del metal de la espada con la tierra del camino, un gusto peculiar, entre amargo y sucio, o algo parecido. Además de tener el pulso acelerado, no sabía si le gustaba o le repudiaba. En un arranque

de coquetería, se acomodó el cabello y cubrió parte del seno que se le había expuesto en el forcejeo.

Jack ahogó una carcajada; le complacía asustarla. Encontrarse con una señorita noble, reina, princesa, o lo que fuese, sola y en el bosque, lo tomó por sorpresa. Estaba en duda si se trataba de algún enemigo de la península de Ismir, o si la extraña salió de la nada buscando aventuras. Esa noche Jack merodeaba cerca del palacio del rey Maximiliano y jamás imaginó que alguien lo atrasaría en sus planes.

Anael pensaba que, posiblemente, en el palacio ya se habrían percatado de su ausencia. Él asumió una actitud hostil y le reclamó el porqué caminaba sola a esas horas. Ella no contestó.

—Venga, suba a mi caballo. No tenga miedo. Soy un animal nocturno. Los lobos también me temen —le dijo en un tono menos áspero.

La princesa permaneció muda.

—Bueno, allá usted si quiere quedarse en un bosque repleto de alimañas —le dijo mientras se alejaba en su caballo.

De repente, Anael sintió que la observaban, pensó que era un lobo, un jabalí o una hiena insidiosa. En la distancia Jack pudo sentir el desespero de ella. Fue cuando escuchó…

—¡Deténgase, se lo ordeno!

El caballero retrocedió al instante. Al llegar hasta ella pudo notarle en la mirada un dejo de terror. Sin darle tregua, la tomó en sus brazos y la encaramó en el caballo, que lanzó un relincho prolongado. En ese momento ella se entregó a la inminencia de la fuerza del hombre.

—Agárrate fuerte de mi espalda, te lo ordeno. En este castillo bosque mando yo.

Armiño trotaba con un paso moderado, dejándose llevar por la costumbre de transitar por caminos pocos frecuentados.

Al cabo de unos minutos la princesa quiso indagar sobre el enigmático varón.

—Me toca preguntar —le dijo la noble y soltó una de sus manos.

—Le dije que se agarre. Puede caerse. ¿Cuál es la pregunta? —le dijo descubriéndose de la capucha que le cubría la cabeza.

De repente, como si todas las piezas de un rompecabezas se juntaran, logró decirle con la voz temblorosa ...

—Jack...

Hubo unos segundos de silencio.

—No. Soy un fantasma.

—¿Qué? —le ripostó con un temblor evidente en las manos.

—Cuando se vive entre fantasmas se les pierde el miedo a las ánimas y se termina convirtiéndose en una. Parece que usted no les teme a los aparecidos.

Ella se persignó y quedó en silencio como si hubiera ocurrido una epifanía de miedos. De la nada, ambos se quedaron callados y ella pensó mil cosas en un instante. Jack, acostumbrado a ser tratado bruscamente, sintió en la espalda el calor de las manos de Anael. La pareja transitaba por el camino que colindaba con la ribera del río Añil. El cuerpo de agua había adquirido su nombre porque, en determinados meses del año, se teñía de un azul tan intenso, que algunos juraban que si el agua se congelaba adquiría la forma de un zafiro. El río desembocaba en el misterioso lago Índigo, y claro, por momentos las dos tonalidades se unían para ofrecerle a los transeúntes lo que parecería la paleta de un genio de la pintura.

El lago era un lugar apacible. Se decía que algunos pocos que pudieron llegar hasta allí juraron amarse por siempre cerca de su ribera. La tensa calma que invadía la escena se rompió cuando Armiño volvió a relinchar. Jack continuaba cabalgando pensativo. El sonido de la corriente del río lo llevó a recordar los años de la adolescencia, a la prima Clotha y a su hermana Viola. Dominaba el corcel con autoridad inclinado hacia el frente, cubriendo su cabeza con una capucha gris hasta el cuello y dejando el rostro al descubierto. Sujetaba con fuerza los estribos y miraba al cielo, como quien busca una señal divina. Armiño se abría paso entre los angostos caminos del bosque.

Aunque haya ganado cierta notoriedad, no sirvió alejarme. Sigo perdido dentro de mis adentros.

Continuó el camino cargando el sentimiento de culpa por abandonar a sus familiares. La proximidad lo perturbó. Por su parte, ella podía olerlo.

—Apestas.

—Limítese sus cumplidos, Andariega del Bosque —le dijo para enfadarla.

Algo emanaba el cuerpo de él que le hacía cosquillas en la entrepierna. Soltó una de sus manos y se tocó uno de los pechos; de inmediato se percató de que no era el frío lo que le tenía los pezones erectos. Después tocó disimuladamente aquella pieza con un mango que era una obra de arte, y lamentablemente, era hecha de hierro.

Jack cargaba con Atila, la espada que heredó de su padre. Metal y carne eran un solo ente. Estaba sujetada al estoque de la correa de cuero que tenía en la cintura. Del otro lado se veía lo que la dejaba sin respiración. Ella imaginaba su vientre penetrado, no con lo que hubiese deseado, si no, con el filoso puñal. Fue cuando aspiró nuevamente sobre el cuello de Jack; esta vez disfrutó de su olor y reclinó su cabeza sobre el dorso de su secuestrador.

Capítulo 6:
LA BÚSQUEDA

Cuando Memé les informó a los soldados de la guardia que la princesa no estaba en el palacio, supieron que alguno de ellos pagaría con sangre el desatino de no estar alerta. Esa noche la luna parecía un velo, y en las caballerizas del palacio se infiltraban los destellos de luz por las rendijas. Los lomos de los caballos se iluminaban como si tuvieran una silla de plata, entre ellos Suspiro, el potrillo de Anael.

Desde el pináculo, el general sintió el golpe de una piedrecita en la espalda y ahogó un grito por el sobresalto. Miró hacia todos lados y vio al compañero fornido quien le hacía señas. Desde abajo le dijo con la respiración agitada que la princesa había escapado. Ellos sabían que bajo ningún concepto podían acercarse al palacio soldados de otras provincias, ni forasteros, y menos los salteadores de caminos que se acercaban para saquear provisiones. Los guardias que estaban de turno en el pináculo tenían órdenes de alertar a los vigilantes que custodiaban otras torres; de notar alguna irregularidad, sonar las campanas para que los habitantes del palacio se enteraran del peligro.

Los amigos soldados lograron ponerse de acuerdo para darle la mala noticia al rey. Se dirigieron a la Torre Principal con un paso lentísimo. Se detuvieron en el Patio de Armas por un momento. Boquiabiertos miraron la luna; era como si se les viniera encima. Los aullidos de lobos se escuchaban más cercanos, incomodaban a los hombres, y enfrentarse con el rey era demasiado para una noche.

—¿Revisaste todo? —le preguntó el general al compañero.

—Sí, no aparece. Les pedí ayuda a otros hombres para revisar cada rincón del castillo. ¿Piensas que puedo mentir con algo así? Sabes que otras veces intentó escaparse; ahora pudo hacerlo. Memé fue la que se percató. Le preguntó a la dama de compañía de la princesa, y ella le dijo que llevaba horas sin verla.

El vigoroso hombre con más músculos de la cuenta, comparado con el resto de los soldados, después de darle la información sin tomar aire, se calló. Ambos conocían que el ejército de un rey, al ser designado al cargo, juraba lealtad, defender a sus señores, a las familias contra todo enemigo, defender el reino. Un descuido podía costarle la vida.

Los guardianes continuaron caminando y se detuvieron en el pasillo que conectaba con el salón real. Era un espacio amplio y largo, con gigantescas columnas de mármol color marfil en los extremos.

—Debo ser yo quien le comunique al rey, soy el general —dijo resignado.

Los rostros de ambos estaban iluminados por uno de los candeleros en bronce pegados en la pared. Se quitaron los yelmos a la vez. El general tocó la puerta y un siervo abrió. Atravesaron el inmenso pórtico con cerraduras en hierro, y la alfombra roja les recordó la sangre que derramarían.

El soberano se encontraba ultimando los detalles para un banquete que ofrecería para unos condes de la provincia de Tulán, al sur de la península de Ismir. La alfombra llegaba hasta el trono dorado elevado por dos estatuas en forma de leones. En el momento en que la mirada del rey conectó con la de los soldados, tuvo un presentimiento de esos que avisa la intuición cuando algo le sucede a un hijo. Recordó la predicción que le hizo un clarividente que trajo desde la provincia de Melas, la casa de los magos y las brujas. Fue en una fiesta cuando Anael cumplió los quince años. El rey sintió miedo de aquel presagio.

Majestad, luego de esta noche, cuide mucho a su hija, le había advirtió el hombrecillo de uñas negras y puntiagudas.

Al entrar los soldados hicieron la acostumbrada reverencia. El rey soltó la copa del tinto que degustaba. Ninguno se atrevió a levantar la mirada.

—¡Hablen! —exigió desde el trono.

Se tocó la barba. La sortija en el dedo índice resaltó por tener un rubí. Se levantó y se acomodó la capa de terciopelo color del tinto que minutos antes bebió, y bajó los escalones también de mármol. Apenas llegó al tercero…

—Su alteza real, Anael no está. Logró escaparse. Debió saltar por la empalizada en un descuido durante el cambio de turno —le informó el general.

Al rey se le transformó el rostro, se puso rojísimo, compitiendo con el color de la alfombra, y en lugar de culpar a todos los soldados por la desaparición de su muchacha, se desquitó con ellos.

—¡Apwrénsenlos! Imberbes. Si no aparece mi hija, sus cabezas servirán de antorchas frente al castillo.

Los guardias gritaban al unísono *¡Piedad!* Los gritos retumbaron las paredes del palacio mientras eran llevados por otros soldados al calabozo. El rey pensaba cómo hacer para encontrar a su hija. Dio la orden de utilizar todos los recursos para encontrar a la princesa.

—¡No quiero excusas, tienen que encontrarla! Revisen todo el castillo, los pasadizos secretos, salgan al bosque, lleguen al río Añil y al lago Índigo —exigía con la voz quebrantada.

Caminaba de un lado para el otro. Conocía los peligros del bosque, y del lago siniestro donde se originaban las peores desgracias.

Que nada malo le suceda. ¿Y si Anael se encontró con ese animal? Imposible, El caballero Jack es un espectro, una absurda leyenda.

Capítulo 7:

EN BUSCA DE GUARIDA

Los soldados del rey tenían órdenes de salir al bosque y traer a la princesa intacta. Los bosques servían de límites entre provincias, principados y reinos. Dentro del mismo los campesinos se escapaban del control del amo, los fugitivos y bandidos se ocultaban de la ley, las parejas de amantes encontraban allí refugio, los ermitaños buscaban sabiduría y los caballeros pruebas de valor.

El rey Maximiliano verificó cada esquina del castillo gritando *¡Anael, ¿dónde estás?!* Buscó en cada almacén, en las caballerizas, en las torres y aposentos, y no estaba. El soberano envió decenas de sus hombres, los mejores y más adiestrados, para que dieran con el paradero de su hija.

Antes de salir el escuadrón, los contó. Eran veinticinco, sumando a dos siervos de su confianza.

—¡Tráiganla de vuelta!

Los siervos nunca habían salido con los soldados, por ello, se prepararon. Afilaron lanzas, espadas de mano, espadas bastardas, estoques... Cada cual tomó su escudo y yelmo, e hicieron lo requerido. Parecían parte del batallón. Aun así, intercambiaban miradas de incertidumbre.

—Termina, pásame la piedra de agua para afilar mi espada. Tengo que prepararme. Sabes que los rufianes utilizan el bosque como madriguera.

—¿Crees en las supersticiones? —se burló un siervo del otro, y continuó afilando el arma.

—Allá tú si no crees. Yo tomaré precauciones. Puede que encontremos alguna manada de lobos —hablaba persignándose.

El siervo bravucón dejó de afilar la espada, escupió en la tierra y lo miró sin dejar de reírse.

56

—Quizás te encuentras con Jack en su caballo blanco, y te decapita... ¡Boo! —soltó una explosiva carcajada.

Para la mayoría de los habitantes de la provincia de Kent, el bosque era un mundo desconocido; les inspiraba miedo y fascinación. Anael se adentró en lo prohibido buscando aventuras, cansada de ser vigilada, hastiada del tedio. Y esa noche estuvo decidida a ponerle fin a tanto aburrimiento. Así que al salir del castillo comenzó a cantar, ajena, ausente, sola.

Mientras los soldados se adentraban en la primera arboleda, en otro lugar la princesa y el guerrero cabalgaban sobre Armiño. Jack no sabía qué hacer con la intrusa.

¿Dónde me deshago de ella? Puede ser que la hayan dejado por aquí para hacerme una emboscada.

El hombre conocía los senderos que nadie más sabía. Pensó que si era una trampa la arrojaría al río y se iría por otro camino. Entre pensamientos, la pareja cruzaba altos pinos carrascos. Era un camino largo y se escuchaba la corriente de agua del río que estaba de un lado.

¿Y si este hombre no es Jack, y es un farsante?

—Deja de apoyar la cabeza sobre mi espalda. Debemos avanzar hasta llegar al lago Índigo para descansar.

—Tengo sueño, me duele la espalda y llevamos mucho tiempo cabalgando. Y si piensa que puede atravesar conmigo ese camino del lago siniestro se equivoca —se quejó Anael, y comenzó a reírse.

Definitivamente ella no está bien.

—¿Ya no tienes miedo?

—No te creo. Tú no eres…

—Jack, señorita, Jack. Y si no tienes miedo, ¿por qué tiemblas?

—Tengo frío —le contestó altanera.

Jack volteó la cabeza. Haló el estribo del caballo y se detuvo
para despojarse de la capa evidenciando la ancha espalda, los
brazos manchados de cicatrices y las bien formadas piernas.

—Cúbrete, te vas a enfermar.

Ella aceptó sin reparos. Sintió un cosquilleo. Le olió la nuca.
Tuvo deseos de morderle la oreja y susurrarle groserías al oído.

*Ese cabello negro, esa marca en la ceja izquierda, la furia de
sus ojos. ¿Será capaz de asesinarme?*

Como testigos de lo que ocurría estaban los búhos ocultos
en las ramas de los árboles. Observaron a la princesa como
advirtiéndole que algo grave estaba por sucederle. El halcón del
pico azul, posado en la roca sobre la montaña, estaba por salir
a cazar y los vigilaba desde lo alto. Y el caballo intuyó que esos
dos tendrían mucho para conversar.

—¡Agárrate fuerte! Vamos, Armiño, llévame a la cueva
secreta lo antes posible—dijo agitando con una pierna al
animal.

—¡Patán, casi me caigo! —gritó Anael, y le colocó las manos
alrededor de la cintura; él, sonrió.

El hambre, la sed y las quejas de ella fueron motivos
suficientes para que Jack adelantara el descanso. Además, los
reflejos sol se manifestaron en el horizonte.

—Está amaneciendo. ¿Me escuchas?

Anael no se inmutó en contestarle y permanecía dormitando
sobre su espalda. Detuvieron la marcha en la orilla del río

de frente a una enorme cascada azul que bajaba con mucha fuerza. Jack acomodó a la noble debajo de un árbol frondoso y, tocándola en la espada, le advirtió que no se moviera.

—¡No me des órdenes! —le respondió, y lo miró mal.

El caballero la ignoró. Recogió algunas fresas que se daban bien por esas tierras y llenó con agua el envase que cargaba. Anael no dejó de observarlo mientras él se lavaba la cara en el río. El hombre usaba dos muñequeras de cuero hasta los antebrazos, y lo hacían lucir seductor.

Ella se hundió en pensamientos.

Si es Jack, la realidad superó mi imaginación. ¡Qué piernas! Mi caballero errante, si supieras las veces que mis dedos jugaron dentro de mis piernas pensándote...

Cuando Jack regresaba con las fresas, la oyó contando en voz alta.

—Una, dos, tres, cuatro...

—¿Qué cuentas?

—Tus cicatrices. La del costado es grande.

—Me la causó un cíclope con una espada de fuego —le dijo para demostrarle lo tonta que era.

En ese momento Anael puso la cara de una niña a la que le hacen un gran cuento.

—Detesto a los cíclopes; se la pasan apareciéndose en mi ventana. ¡Qué bueno que lograste sobrevivir!

¡Qué pena! Aunque está en sus carnes, parece no gozar de un sano juicio. Mendigará cuando pierda la belleza.

Jack sintió un poco de lástima. Por tal motivo desistió de tirarla por algún barranco. Descansaron, tomaron agua y probaron las frutas. Él se preguntó cómo sería hacer el amor con algún sentimiento lindo involucrado. Porque las veces que fornicó, su cuerpo cumplía con las funciones amatorias, mientras sus sentimientos se quedaban dormidos.

Recordó su primera vez, cuando perdió una apuesta con los amigos de la aldea en la tribu de nómadas. Esa noche celebraban las diecisiete primaveras de una amiga y bebieron mucho vino. Frederick lo retó para que entrara en la tienda de una clarividente que era famosa por estrenar a los jovencitos. Los muchachos de la aldea habían regado entre ellos que la mujer sabía moverse bien, y en poco tiempo los hacía eyacular.

—Jack, perdiste la apuesta. Ahora tienes que cumplir. Entra en su tienda. Pasarás un buen rato. Te enterrará las uñas, que parecen garras, en la espalda cuando esté excitada —bromeaba su mejor amigo.

Las exigencias de Anael lo trajeron de vuelta.

—¡Quiero mi libertad!

—¡Basta! Estás en mi bosque.

Se inclinó y la levantó en los brazos para montarla sobre Armiño. Ella se dejó. No tenía opción.

Capítulo 8:
LA CUEVA

$\mathfrak{S}$obre el lago Índigo se pregonaban muchas cosas. Hubo campesinos, parejas de amantes, y nómadas que aseguraban haber estado en el lugar. Decían que era lo más parecido al cielo, aunque no había certeza de si eran invenciones de la gente. Y no pocos juraron que también allí se encontraba la muerte. Comentaban que las aguas del lago eran turquesas y seis cascadas desembocaban desde lo alto de las colinas hasta el embalse. Le atribuían poderes a cada una: la cascada para el mal de amores, la lujuria, la de rejuvenecer, para curar la tristeza, para la suerte y la del amor eterno. A esta última se le atribuía un poder especial: a los que allí mojaban sus cuerpos, les duraría el querer hasta la eternidad.

Para llegar hasta el lago Índigo se debía cruzar un camino angosto con hileras de frondosos árboles romeros. Los campesinos más ingeniosos comentaban entre ellos en la calle del mercado que El caballero Jack se ocultaba por los alrededores del lago, y cuando cabalgaban las cruzadas de soldados se les aparecía. Contaban que una noche Jack hizo parar en dos patas a su caballo y que varios hombres, al ver semejante animal blanco sostenido en el aire, huyeron espantados. Cuando se percataron de que el guerrero los perseguía a galope, perdieron el control de los caballos y cayeron por el despeñadero.

En medio del bosque, Anael continuaba quejándose. Por minutos se callaba y le pasaba por la mente tirarse del caballo. Luego, desistía, y cantaba melodías que aprendió con Memé.

Hace mucho tiempo ya, en un reino desigual, la fuerza del acero reinó.

Fueron siglos de cruzadas, de leyendas y temor.

La batalla comenzó y de rojo el campo se tiñó.

Al momento de terminar de cantar cambiaba el tono dulce de la voz, y volvía a quejarse.

—Me duele la nuca.

—Cállate. No hagas que cambie de parecer y seas alimento para las fieras.

Jack no dudaba en penetrar los caminos que la princesa había imaginado, y pensaba…

Es la loca más olorosa que he conocido.

—¿No te causan miedo los aullidos?

—Soy yo quien les provoca miedo —le contestó cabalgando deprisa.

—¿Cuánto falta?

—Poco.

Los primeros rayos del sol penetraban a través de los árboles. Al final del camino se hizo la magia. La neblina se esparció sobre el lago. Anael pensó que de alguna parte saldrían querubines; era un lugar celestial. De momento se sobresaltó, cambió la expresión del rostro y comenzó a mirar para todas partes.

—¡Madre, estoy aquí!

Lo que faltaba, pensó Jack.

Pasaron por un camino estrecho bordeando el lago y detrás estaban las seis cascadas.

—Bruto, me estoy mojando.

—Disfruta el agua, a menos que seas de papel.

Sin que se percataran, fueron salpicados por la última cascada, la del querer. Al final estaba la cueva. La entrada era circular, amplia, con estalactitas puntiagudas que colgaban del techo. El primero en desmontarse de Armiño fue Jack. Luego, con una soga, amarró al animal a un árbol que estaba al lado de la entrada.

—Con calma, dame una mano. Ahora la otra —le dijo extendiéndole los brazos.

Anael dio un traspié y Jack la agarró fuerte por la cintura, tanto, que ella sintió un hormiguero dentro del cuerpo.

—Mi vestido es un desastre.

—Entra.

Adentro, el guerrero friccionó algunos pedazos de madera que encontró, y encendió una fogata.

—Acércate al fuego para que te calientes.

Si él supiera.

Con la poca luz, Jack pudo observarla. Por un instante se distrajo con el azul de aquellos ojos rasgados. Ella no podía disimular el aturdimiento, y se tocó el cabello con evidente seducción.

—¿Huiste de tu casa?

—No, paseaba.

—Hay que ser bien ridícula para andar vestida así en un bosque y en medio de la noche. Habla con la verdad. ¿Qué? ¿Saliste para encontrar a alguien que te haga el favor? Se nota que estás necesitada de…

—Me faltas el respeto, prepotente.

—Prepotente tú. Y para ser honesto, prefiero echarme a una campesina, no tan olorosa como tú, pero con la cabeza en orden.

—Eres un loco. ¿Te crees demasiado importante?

—La loca está frente a mí.

Se quedaron en silencio y Anael organizaba sus pensamientos.

—En realidad salí de mi casa hastiada de dar lástima, de estar protegida, de vivir, de ser y no ser.

Jack aparentó creerle. El instinto le gritaba.

64

Poséela a ver si recobra la razón.

—Si me devuelves a mi casa, le pediré a mi padre que no te corte la cabeza.

—¿Y quién es tu señor padre que tanta autoridad tiene sobre mi cuello?

—Maximiliano, el rey.

A Jack se le transformó la cara y frunció el ceño. Tenía la mayor expresión de desprecio que podía existir. Se volteó dándole la espalda.

Solo el progenitor de una loca puede ser capaz de dar una orden para que soldados se apoderen de las tierras de los minusválidos. Fue el usurero que cobra con la muerte.

Se volvió hacia ella, caminó tres pasos y, al tenerla cerca, el odio le opacó la mirada. Entonces, un pensamiento lo abacoró.

Mátala.

Capítulo 9:
CONFESIONES

La furia brotó de los ojos negros de Jack, y una gota de sudor le humedeció la cicatriz de la ceja izquierda. De pronto, el cosquilleo insidioso que provocaba la proximidad de Jack en ella se convirtió en terror. Armiño relinchó como si presintiera que su amo estaba presto a matar. En ese momento, la princesa internalizó que su aventura había llegado muy lejos y aquel hombre podía cercenarle la vida.

La excitación mutó a labios temblorosos, a manos que transpiraban.

—No me hagas daño —dijo ella con todo el cuerpo convertido en una hoja seca que el viento asedia.

Jack no respondió. Una guerra interna le ocupaba la mente.

Tengo que vengar la muerte de los míos. Pero quizás ella no es la hija del rey que me arrebató a mi familia.

Por un momento, bajó la espada; Armiño lo miró desde la entrada de la cueva. Anael comenzó a llorar como una chiquilla y Jack quedó perplejo por el estado de pánico en la princesa.

—Al menos me iré con mi mamá —sollozó ella.

Cuando Jack escuchó esas palabras, su armadura de odio se le transformó en un velo de compasión porque sabía lo que significaba la ausencia de una madre. Recordó el día que chocó con la muerte y encontró el rostro desfigurado de su primer amor.

—¿Qué dijiste?

Anael se dejó caer al suelo mientras gemía y asumía una posición fetal, idónea para emprender el viaje hacia lo desconocido; esperanzada de encontrar a la mujer que no pudo acunarla. Había pensado en todas las posibilidades: correr por un bosque que no conocía, gritar para que nadie la escuchara o tratar de pelear con un hombre que era mucho más fuerte que ella y que tenía al mismo Belcebú en la mirada.

Ella, acostumbrada a ver ejecuciones, tomó un sorbo de valentía y se arrodilló frente a un Jack consternado por el estado de resignación de ella. Anael le ofrecía su cuello tierno sin mácula para que lo traspasara con la espada.

—Levántate…

Anael intentó ponerse de pie, pero las rodillas le flaquearon, y se cayó. Él le extendió la mano.

—Puedo sola.

Se incorporó, sacudió el vestido, que en ese momento había perdido su belleza, y lo miró a los ojos con una mezcla de osadía indómita e infatuación.

—¿Qué le pasó a tu mamá?

Ella se limpió con disimulo las lágrimas. Jack vio en ella su reflejo, el de alguien que pierde al ser que le dio la vida.

¿Qué tiene esta mujer?

Por unos segundos tuvo deseos de fundirse con ella en un abrazo sanador.

—¿Pensabas asesinarme y ahora pretendes ser amable?

—En efecto, quería darle de comer a mi espada, pero ella no tenía sed de sangre.

—Me gustaría insultarte, pero sé que estoy en una posición vulnerable en la que no sería inteligente hacerlo.

—Mientras no sea imperioso, no deseo añadir más muertos en mis sueños.

—¡Mentiroso! ¿Por qué perdonas mi vida?

Afuera se escuchaba el sonido de las cascadas. Estaban de frente con los rostros alumbrados por las llamas de la fogata.

—Tu madre…

Anael se fijó en aquellas manos con tierra en las uñas. Observó la sombra de la barba en su rostro, el hoyuelo del mentón, la cicatriz en la ceja… Permaneció callada esperando que Jack le dijera la verdad.

—También perdí a mi madre cuando tenía quince años, y fue como perderme yo. De algún modo, comprendo parte de tu locura. Porque a pesar de las riquezas, y de ser hija de un rey, según dices, te faltó lo más importante. Ya ves, no estoy loco.

—¿Qué culpa tengo de tus desgracias? —intentó correr hacia la salida.

—¡Ven acá! —la sujetó por el brazo.

—Suéltame, bestia.

—Conversemos.

Jack quería hablarle porque, de pronto, encontrarse tan próximo a un ser humano, le había ablandado la capa de rudeza con la que acostumbraba a cubrirse. Por un largo instante hubo silencio; ella pareció entender la vorágine de sentimientos y emociones que circulaban en la mente de aquel hombre que le parecía repulsivamente atractivo.

Se quedaron quietos como se quedan los felinos cuando tienen a una presa cerca. Sin que mediara una razón, él se puso a contarle la historia del origen de las estrellas. La princesa lo escuchó atenta, como si la narración le activara el deseo de ser niña y que alguien le acuñara el sueño con una historia hermosa.

Poco a poco ella se dejó convencer. Tenía una guerra entre querer y no querer, coraje y deseo. Después de un rato, y entre pequeños pasos, se ubicaron en el fuego, sentados uno al lado del otro. Jack le ofreció agua del envase. Ella bebió, y él la observó. Se imaginó mordiéndole el labio inferior.

—Gracias —dijo calmada.

El caballero caminó hasta la entrada de la cueva para verificar la soga con la que amarró al caballo y la apretó más. Cuando volteó a mirarla, notó que ella sonreía mientras hacía gestos.

—¿Con qué ánima hablas, bruja?

Al ver el grado de enajenación de la joven, le dijo:

—Cuando perdí a mi madre era un adolescente.

—Entonces, somos huérfanos. Al menos la conociste.

—¿Tú no?

—Murió luego del parto; por la fiebre negra.

La confesión develó a dos seres que añoraban el abrazo de sus respectivas progenitoras. Permanecieron algunos minutos en completo silencio observando las llamas de la fogata. Jack sabía que las joyas que la adornaban no pudieron compensar la ausencia de su madre.

Anael respiró profundo. Vio en él un alivio, un aire fresco, un desahogo.

—Una vez escuché a unas doncellas conversando en los jardines frente de la capilla del palacio; se burlaban de mí. Dijeron que mi padre trajo a vivir al castillo a unas indigentes, que me compró a una hermana y que estoy desajustada.

Los relinchos de Armiño rompieron con la quietud del momento. Jack volvió a indagar sobre la joven.

—Entonces, princesa…

—Tengo nombre.

—¿No te agrada el título? —le preguntó levantando la ceja izquierda.

—¿Piensas que por ser noble soy más feliz que tú?

—Cuando sobra comida y plata, las penas se sobrellevan mejor.

—Donde vivo me ven como una patética rica. Mi padre vive atormentado porque piensa que heredaré los demonios que invadieron la mente de mi bisabuela. No sabe que estoy al tanto de la historia.

Jack se fijó que la parte de arriba del vestido de Anael estaba humedecida. La tela sedosa le dibujaba los pechos, tanto que no pudo disimular la mirada. Sintió deseos de poseerla, besarle los ojos, morderla toda.

Además de loca, bruja. Debo estar hechizado.

Se echó agua del envase por el rostro para controlarse.

—Cuéntame de ese rey al que llamas padre.

—Su nombre es Maximiliano, rey de la provincia de Kent.

—Ya lo dijiste. Dime si es uno de los malparidos gobernantes que atropellan a los indefensos.

—¡No insultes a mi padre! —respondió frunciendo el ceño.

—¡Necesito saberlo!

La joven, sorprendida por la insistencia de Jack, optó por contarle. Le explicó que su padre gobernaba la provincia de Kent desde hacía más de dos décadas. Fue el tercero de la sucesión en subir al trono. Lo llamaron Maximiliano II, porque su difunto padre tuvo el mismo nombre.

—Mi padre es justo y dadivoso con quienes le piden ayuda. Mi nana me contó que una vez se enteró que unas campesinas no podían costear los vestidos de bodas de sus hijas y que él encargó sedas con delicados bordados en hilos de colores, para que ellas les hicieran hermosos vestidos a sus hijas —le contaba sin pausa.

69

70

Jack se limitó a escucharla. De momento se quedó perplejo al darse cuenta de que volvió a perderse en la forma redonda de los pechos erectos de Anael. No quería desearla; odiaba sentir alguna emoción porque hasta ahora lo único que conocía era desgracia y dolor.

Ella sabía que le gustaba y no hacía nada por cubrirse; continuaba contándole sobre el rey.

—De vez en cuando compra ganado y lo regala a los trabajadores de la tierra para que puedan sustentar a las familias. Y año tras año, hace una fiesta en el palacio conmemorando su reinado. Ese día abren los portones de la barbacana.

—Y eso, ¿qué es?

—La entrada principal del palacio. Ese día entra la gente del pueblo, traen magos, abunda la comida, el mazapán, las uvas, las gambas, el pan de centeno y el vino abunda.

El guerrero la observó cuestionándose cómo un rey dadivoso, según ella, podía ser capaz de enviar soldados mercenarios para apoderarse de tierras y declararlas territorio conquistado por la provincia de Kent. La realidad era que no estaba seguro si ella decía la verdad o eran inventos.

—¿No me crees? Mi padre es amado por los súbditos. El único enemigo es Lord Marquis, un rey conflictivo de la provincia de Melas, que quiere competir con él.

—Se nota que lo amas. El mío contó con mi admiración.

—¿Tu padre murió?

—Mis padres murieron el mismo día. Yo también estoy muerto —le expresó con un eco atormentado en la voz.

Anael vio los ojos más tristes de la península de Ismir frente a ella. No se atrevió a tocarlo. Quiso darle un abrazo tierno, tan suave que sintiera que lo rodeaba una nube.

—¿Cómo dices? —preguntó, y con cierta timidez colocó sus manos entre las de él.

El guerrero sintió una necesitad atroz de liberarse. Los pequeños dedos nobles se perdían dentro de las grandes manos de él.

—Estoy enfermo de odio.

—No todo está perdido.

Jack había claudicado a sentir, no sabía amar. No supo cómo manejar el magnetismo que los ojos de Anael ejecutaron sobre él. Lo único certero era que la cercanía de ella lo hacía temblar, y no de frío. Algo extraño le sucedía que no podía explicarse.

Armiño los observó…, se besaron.

Capítulo 10:
ENTRE GUERRAS

Frederick y Rocco vivían en la provincia de Melas, donde abundaban las brujas. Esa tarde, sentados sobre lo alto de una montaña, admiraban el paisaje. Desde allí apreciaban los árboles de jara blanca con las peculiares florecillas violetas, las colinas, los valles y el río. Frederick miraba hacia el horizonte y afilaba el arma larga con una piedra.

—¿Qué te pasa? —le preguntó Rocco con la rudeza marcada en el entrecejo.

—Estoy cansado, aunque seguiré entrenando, no sea que a algún imbécil se le ocurra entrar en nuestra aldea y robarnos las pocas provisiones que nos quedan.

—Te conozco. Estás pensativo.

—¿Sabes? Estar aquí me recuerda a Jack. Cuando éramos adolescentes nos gustaba venir a la montaña a tirar piedras al río y a asustar los rebaños de los pastores. Ellos se ponían furiosos y nos gritaban improperios desde abajo, y nosotros nos echábamos a correr muertos de la risa.

Frederick y Jack fueron muy unidos en la adolescencia. En las mañanas ayudaban al padre de Frederick, patriarca de la aldea, a buscar enormes peces, cazar ciervos y venados, y recolectando troncos de árboles para hacer leña, de modo que las mujeres pudieran cocinar. Las labores de las campesinas eran tejer, bordar y lavar la ropa en el río. Las más jovencitas ayudaban en las tareas para conseguir el permiso de los padres y poder salir cuando la luna redonda se posaba sobre la aldea. En esas noches hacían un gran círculo alrededor de la fogata, unas danzaban, otras tocaban flauta y les hacían guiños seductores a los jóvenes solteros.

En una noche cuando la luna llena se enseñoreaba de todo, Frederick se le acercó a Jack.

—Me parece que le gustas a la chica del cabello rojizo, no deja de mirarte —le advirtió.

—Ve tú, y baila con ella.

—Vamos, anciano decrépito, anímate, es mejor enamorarse que ese pensamiento de venganza metido en tu cabeza. Solamente te dedicas desarrollar fuerzas y técnicas de pelea.

—Déjame con mis cosas. Enamorarse… ¡qué pérdida de tiempo!

—Allá tú. Te recomiendo que te dejes seducir por alguna —insistía Frederick, sonriéndole a la chica de cabello rizado que tocaba la flauta.

—¡Cállate! —le dijo Jack observando el festejo, tratando de ignorar a la pelirroja que le sonreía.

Las féminas de la aldea enloquecían con la figura de Jack y el hoyuelo que se le formaba en el mentón. Sin embargo, ninguna pudo cautivarlo. Tuvo aventurillas con las atrevidas que se le colaban entre las sábanas, nada más allá de la piel superficial. *No tengo sentimientos*, era el mismo pensamiento al finalizar la fiesta del sexo. Poco después de que se derramaba en alguna, la joven salía de la choza del caballero cubriéndose con una capucha, sin saber que el evento no se repetiría.

No obstante, Jack nunca faltó a sus deberes en la aldea. Cuando finalizaba las labores, buscaba actividades que lo dejaran extenuado para así dormir plácidamente.

Rocco arrojó una piedra al río, y sacó a Frederick de los recuerdos.

—Jack tenía una habilidad innata para las sesiones de fuerza y prácticas con la espada. Sus movimientos y los giros con las armas blancas eran magistrales. Era como si la espada y él fueran un solo ente. Tu padre lo entrenó —le comentó Rocco.

—Sí, y perfeccionarse en las destrezas de pelea se volvió una obsesión para él. Estaba ofuscado con la idea de tomar venganza desde que se unió a nosotros. Me parece estar viéndolo en las sesiones de práctica.

—Jack, flexiona las rodillas, perfecto, es lo que quiero. Sabes que los ojos de tu enemigo son tus ojos, no puedes perderlos de vista. Voltea el codo hacia arriba con el escudo, usa el codo también para escudarte. Una vez casi destrozo un cráneo con el codo. Cúbrete, rodilla al frente. Utiliza el otro brazo con la espada bastarda, gira. Recuerda una cosa, muchacho, cuando te enfrentes al enemigo mentalízate ganador, es la clave —eran las instrucciones del padre de Frederick, su mentor.

El espectáculo que ofrecían en cada entrenamiento era tal que los jóvenes de su edad, para entonces diecisiete años, se arremolinaban para verlos.

—¿Quién lo reta? —preguntaba con sarcasmo el padre de Frederick, y sonreía de medio lado.

Ante la pregunta, ninguno se atrevía a dar un paso al frente.

Fueron muchas las conversaciones que se suscitaron sobre El caballero Jack, apodo que le adjudicaron sus conocidos en la aldea. Porque solamente los caballeros de un ejército real eran capaces de combatir al enemigo con tal pericia.

Cuentan que Jack impidió que diez soldados les pegaran fuego a las cabañas de un poblado. Llegó montado sobre Armiño, su inseparable caballo blanco. Momentos antes de enfrentarse a los enemigos, giró la cabeza de un lado, sacó la espada apuntando al cielo para buscar fuerzas y, cuando no le cupo más aire en los pulmones, gritó. El eco de la voz estremeció los árboles y las fieras del bosque que por allí merodeaban se ocultaron. Fue un clamor de lucha, aunque su mayor batalla no podía ganarla incluso si tuviera un arsenal porque estaba dentro de él. Nadie supo cómo se las ingenió para decapitar a los soldados, uno por uno con la espada.

Los jóvenes de la aldea admiraban el don que Jack tenía para planificar estrategias y combatir a los enemigos; impidiendo que los soldados entraran a las villas, destruyeran las viviendas y abusaran de las mujeres. Se unía con las cabalgadas de los rebeldes, se hacía el líder galopando al frente y todos lo seguían. Sobre Jack todo era posible e imposible, era difícil establecer lo que pregonaban sus conocidos sobre su persona, establecer lo que era la imaginación y la realidad.

De repente, unas nubes aparecieron en el horizonte, por lo que Frederick y Rocco recogieron sus cosas para regresar a la villa.

—Viene lluvia. De camino me cuentas esa historia del día que conociste a Jack —le comento Frederick, quien se negaba a creer su desaparición.

Rocco conoció al legendario caballero en una cruzada de rebeldes dispuestos a defender a los campesinos de una aldea. Esa noche Jack planificó una estrategia porque, al igual que los rebeldes, se enteró de que unos soldados querían atacar a un pequeño poblado. Les informó a los hombres que los soldados llegarían por el valle. El bosque era intrincado; solamente se podía pasar por unas pocas áreas del río. Jack, por sus conocimientos, los convenció para que esperaran a que bajara la corriente porque el río estaba embravecido. Esa noche El caballero Jack pernoctó con los revolucionarios en el bosque y cruzaron al otro día. Los soldados jamás imaginaron que los rebeldes los sorprenderían en la mitad del camino.

Rocco era un hombre fuerte. En una de sus mejillas evidenciaba una profunda cicatriz rojiza que le llegaba a la clavícula, y en los ojos una profunda admiración por Jack. Repasó con Frederick los detalles de su encuentro con el misterioso guerrero. En cambio, los ojos de Frederick reflejaban cierta incredulidad.

—Si vas a poner esa cara de desconfianza... —le advirtió Rocco.

—Me sorprende no saber de Jack en tanto tiempo.

—Esta será la última vez que te repita lo que sucedió. Un día los rebeldes nos enfrentamos con los soldados para impedir el atropello de una aldea. Hubo mucha sangre, las mujeres huían con sus pequeños hijos en los brazos, los soldados pegaban fuego por todas partes, y nosotros luchábamos contra ellos. Entre tanto humo perdí a Jack de vista. Cuando volví a verlo, estaba impidiendo que dos soldados violaran a una jovencita que era casi una niña. Fue cuando lo hirieron en la ceja izquierda y le atravesaron una espada en el costado. Lo vi sangrando por la boca, corrí a buscar ayuda y, al regresar, vi cabezas rodar y no encontré la suya.

Frederick guardó silencio. La lluvia rebotaba en el pasto y los jóvenes agitaron el paso para llegar a la aldea y continuar la faena. Hasta entonces el paradero de Jack era un misterio; nadie en la villa supo si llegó a superar el odio desmedido y los deseos enfermizos de venganza. Sin embargo, Frederick guardaba la esperanza de que hubiese encontrado algún amor capaz de calmar su atormentado espíritu. Aunque la única realidad era que nadie tenía claro si había muerto, o si estaba creando un mito sobre él mismo.

Capítulo 11:

AIRES DE AMOR Y VENGANZA

Luego de que Jack y Anael se besaron, él no podía huir de sus fantasmas.

—Me ha hecho bien el beso —le dijo ella sin obtener respuesta.

Volvió a besarlo. Esta vez le mordisqueó los labios y él se dejó llevar. Los deseos de la carne se volvieron intensos.

—Soñaba con que me tocabas las piernas, los ojos, el vientre. Y ahora estamos aquí. Hazme tu mujer —le pidió Anael como quien pide clemencia por la vida.

Jack deslizó sus manos por el vestido de la princesa, soltó la cinta que le amarraba el entalle, le aspiró en el cuello, y ella le respondió con suaves quejidos al oído. Después se le enredó en el cuerpo, como una enredadera al troco de un árbol.

En la mente de Jack, una mezcla de pensamientos competía. *Debe ser virgen.* Inevitablemente sus manos recorrieron la entrepierna de Anael. Él se despojó de su capucha gris y la tendió en la tierra.

—Despacio. Nunca antes hombre alguno me tocó —le advirtió.

De a poco, le quitó la diadema de esmeraldas, el corpiño del vestido de seda y sin más demoras la hizo su mujer. Jack no estaba acostumbrado al preámbulo, lo de él era saciar los deseos; sin embargo, lo intentó. Le acarició cada centímetro del cuerpo con sus callosas manos, que, sin proponérselo, se convirtieron en las de un escultor puliendo su obra. Ambos admiraron sus cuerpos al desnudo bajo el reflejo de la fogata. El misterioso caballero le besó el cuello y los pechos, le penetró el cuerpo y la mente, haciéndose el dueño de su voluntad, dejándola a su merced. Y Anael fue suya, así como la arena le pertenece al mar y las raíces a la tierra. La princesa gemía de placer y dolor; no estaba preparada para la inmensidad del hombre, y las gotas de sangre en sus piernas lo evidenciaron.

Jack la penetraba con fuerza a consciencia del dolor que ella sentía. Entonces, se percató que tenía los ojos llorosos. Por breves segundos se detuvo estando dentro de su cuerpo, y pronunció su nombre, *Anael*, como quien se despide de la vida.

—No te olvides de mí —le dijo ella, y él no contestó.

De repente, Anael ocultó el rostro, y luego miró para todas partes.

—¡Pájaros! ¡Pájaros! Sácalos.

Jack no sabía por qué gritaba. Se molestó porque se quedó a media erección.

¡Qué loca me ha tocado!

Fue hasta la entrada de la cueva, también verificó adentro, y no había cuervos, ni pájaros, nada.

—¡Eres una histérica! —le gritó.

Pasadas varias horas, el orto anunciaba el fin del día. Anael estaba exhausta. Jack le ofreció agua y unas semillas extrañas que recogió con las fresas. Hizo que se comiera dos, y le ordenó descansar.

En unos instantes te veré caer de sueño.

Luego de algunos minutos, Anael bostezaba y después se quedó dormida. Jack la observaba y, en contra de su voluntad, sintió deseos de protegerla. Volvió a escuchar esa voz interior que le gritaba ejecutar la venganza.

Es mejor dejarla aquí.

Jack había escuchado de la ley que se decretó en la península de Ismir sobre las personas con demencia. Consistía en movilizarlos para la "Isla de los Desterrados", que quedaba al norte de la provincia de Kent. Allí trasladaban a los perturbados. En la isla había pocas estructuras, abundaban las plantas venenosas y los locos vivían en un fuerte resguardado de defensas para evitar que se escaparan. Algunos de los endemoniados, como les llamaban a los dementes, vestían con túnicas moradas hechas con tela de saco, y los que estaban en peor condición, con túnicas púrpura. En las tardes deambulaban por el patio interior vigilado por el personal de seguridad. Parecían sonámbulos atormentados caminando en forma circular uno detrás del otro.

Jack nunca olvidó el día que se llevaron a una campesina de la aldea donde vivió para la "Isla de los Desterrados". Fue una tarde cuando unos soldados entraron en la villa y ultrajaron a la hija de diecisiete años de la mujer. Le cortaron los pezones, la sodomizaron y murió desangrada. La madre no pudo soportar la muerte de su muchacha y perdió la razón.

Por otra parte, al rey Maximiliano le atormentaba la idea que Anael perdiera completamente la razón y la enviaran a la isla maldita. Aunque, claro, él era el gobernante de la provincia de Kent y podía intentar evitarlo de alguna forma.

Entre pensamientos confusos pasaba el tiempo. Jack luchaba con su mente, sin estar seguro de quiénes confabularon para aniquilar a su familia; si estaba siendo justo, o injusto, con Anael.

A veces la venganza es tan necesaria como el aire.

Tiempo después, se reflejaron los primeros rayos del sol sobre el lomo de Armiño. Notó al animal inquieto, puso el oído en el suelo, intuyó que los enemigos estaban cerca y urgió un plan. Aun saboreando los besos que le dejó Anael, paladeando el gusto de sus adentros, no dio marcha atrás. Decidió dejarla sola; si la encontraban quizás se regaría la voz y la declararían loca.

Por ser la única heredera de un rey estará en boca de todos, y será el desprestigio del reino, la burla entre los nobles.

Con una rama frondosa que consiguió, borró las huellas, apagó la fogata, le escondió la ropa dejándola a medio vestir y después le embarró el cuerpo con tierra. El instinto le advertía que los soldados del rey estaban cerca de la cueva. Antes de irse, no se atrevió a mirarla; era mejor huir de Anael, de lo que comenzaba a experimentar y no sabía cómo llamarle. Le dejó el envase con agua, buscó una pequeña manta que tenía dentro de la bolsa de tela y, aunque tuvo la tentación de arroparla, se la arrojó para que ella lo hiciera si le daba frío, y se marchó.

Uno de los soldados del grupo se adelantó por un camino estrecho y observó que al final estaba la entrada de una cueva. Camino un poco más y después se escuchó un grito.

—¡La encontré!

Anael abrió los ojos, y con espanto vio al soldado observándola.

—¡Huye Jack, huye, te van a matar! ¡No le hagan daño, es Jack, mi Jack! —gritó totalmente desorientada y despeinada.

—Princesa, aquí no hay nadie.

Con desesperación agitó las manos espantando algo, viendo espíritus, o quién sabe qué cosa. Los soldados que entraron luego se quedaron asombrados ante las aseveraciones que hizo. La observaban asombrados contar el incoherente relato de alguien que no estaba allí; y otros, la miraban con malicia y sorna porque estaba casi desnuda.

Después de observarla con lujuria, uno de ellos la cubrió.

—Vámonos, princesa.

Ella caminaba con dificultad. Tenía sangre en las piernas y miraba para todas partes.

Que pueda volver a verlo. Jack, espero que hayas logrado escapar. Que dolor tan intenso siento, pensaba Anael.

Seguro que el rey por salir de ella, la enviará para la "Isla de los Desterrados", vaticinaban los soldados.

Mientras, Jack cabalgaba y acariciaba la crin del caballo.

Aún no es suficiente.

Capítulo 12:
EL ENCIERRO

Las horas pasaban y en el palacio no tenían noticias de Anael. El rey no durmió y apenas probó comida. Se encontraba en el salón real acompañado de varios siervos y el clérigo de la corona. El sacerdote llegó a petición del soberano; le tenía confianza y podía arrojarle luz.

El señor clérigo era un hombre ermitaño, con una enorme verruga roja en la nariz. Se las daba de puritano y debajo de la túnica sagrada escondía la excitación que le provocaban los niños. En el momento en que el monarca conversaba con el sacerdote ladino, se abrieron las puertas del salón y vio entrar a la princesa escoltada por varios soldados. Lo primero que hizo fue darle un abrazo de esos que no tienen fin. Se fijó que llegó en refajo, llena de tierra, con la cara sucia, descalza y con los ojos hinchados de tanto llorar.

—Papá, estuve con Jack. Nos vamos a casar —le susurró en el oído, y rabiosa, intentó morderle la oreja.

Al rey se le aguaron los ojos; era su única hija, y no podía estar loca. Los presentes observaban la escena, en especial el clérigo, quien se le acercó y disimuladamente le hizo una pregunta.

—¿Qué piensa hacer, alteza? Sabe lo que sucede con las personas dementes.

El rey sabía que todos lo observaban. Era la autoridad y tenía que demostrar tener el control de la situación.

—Me haré cargo. Estará vigilada en todo momento hasta que le pase el trauma. Mi muchacha no está loca; es normal que esté confundida porque estuvo pérdida.

El soberano se expresó con seguridad, y con delicadeza trató de acomodarle el cabello a la princesa. Ella se negó.

—¡Víbora! —le gritó, y estalló en una risa incontrolable.

Pasaron varias lunas negras desde que rescataron a la princesa, y sus alucinaciones empeoraban cada vez que la cristalera se plantaba en el cielo. El rey ordenó que la cuidaran en la Torre Esquimera del castillo. Era muy alta y estaba en la parte posterior de la amurallada estructura.

Desde allí los gritos de Anael resonaban.

—¡Soldados, sáquenme de aquí! —gritaba desde la ventana.

Ninguno se atrevía a desobedecer las órdenes del soberano, menos a comentar los detalles sobre el rescate. Los rumores de los que vivían en el palacio circulaban: "Dicen que está delgadísima y tiene ojeras inmensas". "Ha perdido la belleza". "Cada vez enloquece más".

Memé pareció internarse en la capilla. Pasaba horas implorando por la recuperación de Anael.

—Santísimo, que recobre la cordura. Te prometo no comer gachas, ni pan de centeno hasta la próxima primavera —rezaba de rodillas la buenaza regordeta.

La eterna nana no encontraba qué hacer para ayudar a su consentida. Estaba considerando contactar a una hechicera que se pasaba en la calle del mercado. Unas campesinas le dijeron que era bruja y que tenía el remedio para que Anael recobrara la mente. Consistía en hacerla danzar sin parar hasta agotar el espíritu, o lo que tuviese por dentro. Y es que la princesa cada día estaba peor. Cuando salía la luna aullaba hasta el amanecer, porque creía que Jack la escucharía y vendría a rescatarla.

Llegaron rumores al castillo de que el clérigo mañoso estaba alarmado. "La hija del rey tuvo la osadía de escupirle la cara al arzobispo". Gestionaba un decreto para hacerla examinar por un médico y verificar si tenía los signos de los poseídos por un maleficio: las manchas rojas en el cuerpo, y dentro de los ojos la forma de una rana grabada. De no encontrar nada, recurrir a la tortura hasta que Anael admitiera el mal que la aquejaba, lo que para él era un demonio.

Todas las mañanas, desde la ventana de la torre, la hija del rey asomaba la cara por entremedio de los barrotes. Apretaba las manos en el áspero hierro, gritaba, sonreía, lloraba y volvía a mirar. Desde lo alto podía observar el Patio de Armas y el cuartel de la guardia.

—¡Tontísimos, acá arriba! —les gritaba a los soldados sacándole la lengua.

—No se calla. Ya no soporto los gritos —dijo uno de los soldados sin prestarle atención.

Era asombroso verla parada frente a la ventana. Pasaba horas mirando hacia el horizonte, sin expresión en el rostro, sin joyas; la despojaron de todo para evitar que se agrediera. Lo que no pudieron quitarle fue el recuerdo de Jack y la esperanza de volverlo a ver. Se quedaba inmóvil como una estatua de cera, con el anhelo de que apareciera por entremedio de los arbustos su dueño. No encontraban el remedio para su enfermedad, ni aliviarle la pena. Trajeron un arzobispo, curanderos, le dieron jarabes para tomar con especies que Memé le preparaba, y nada.

En pocos meses el rey adelgazó. El hombre de facciones árabes se llenó de canas que le llegaron a la espesa barba, y todas las arrugas del mundo se le aparecieron en el rostro. Estaba desesperado. Su hija insistía en que estuvo con El caballero Jack. Pregonaba que se amaban y otras aseveraciones, que lo único que incrementaban era la mofa y el desprestigio del reino. *Los muertos no aman*, pensaba el rey con las manos temblorosas desde el trono.

La noticia de la demencia de Anael comenzó a difundirse por las seis provincias de Ismir. Era la comidilla entre nobles. El amigo del rey, Lord Mauricio Scott, se enteró y, probablemente, Lord Marquis, su peor enemigo.

Memé, cada vez que pedía audiencia para hablar con el soberano, lo observaba con lástima.

—La acusarán de hereje —le dijo un día, y apretó los puños.

Ella lo miraba sin saber qué decir; solo que esa tarde recordó a una mujer que podía ayudarlos.

—Alteza, conozco a sor Renata. Vive en un monasterio cerca de aquí. Hemos coincidido en la calle del mercado comprando especias. Es buena con los enfermos, y puede que le quite el espíritu que tiene Anael en la cabeza.

—Será perder el tiempo. La otra vez vino el arzobispo, y sabes lo mal que se puso.

—Piénselo. Tal vez, por tratarse de una mujer, Anael la escuche. Además, le diré que no puede arrojarle agua bendita.

La semana entrante los portones de la pasarela se abrieron para recibir a la mujer de fe. Era diminuta, blanquísima, de ojos almendrados color café, vestida con un hábito crema, una capa verde, y dos velos en el cabello, uno blanco y otro negro. Llamaba la atención el rosario hecho de cuencas en madera y un crucifijo tallado. Su rostro parecía esconder una pena, pues daba la impresión de estar abstraída del mundo.

Fue recibida por el soberano en la Torre del Homenaje. Atravesó la puerta del salón real sin mirarlo a los ojos. Se inclinó en reverencia y luego se persignó. El rey la puso al tanto de lo acontecido con la princesa. Le contó cómo empeoraba con cada luna llena, y que se laceraba las manos hasta hacerlas sangrar. También le comentó la osadía de su hija cuando escupió en la cara al arzobispo por bendecirla con agua bendita.

No paraba de contarle, y Memé lo interrumpió.

—Alteza, si me permite, llevaré a sor Renata con Anael.

El rey dio la orden y se retiraron en silencio.

La princesa estaba en su aposento de espalda frente a la ventana, escuchando voces que le retumbaban en la mente, cuando Memé y la monja entraron.

—Niña, tiene visita. Es una amiga mía —le avisó, y ella ni pestañeó.

Memé se acercó. La princesa continuaba mirando hacia el bosque.

—Tienes visita, es sor Renata —le dijo tocándole muy suave el hombro.

La monja de procedencia humilde se quedó frente a la inmensa puerta con cerraduras de hierro. Admiró los techos altos en dos aguas, una lámpara de forja sujetada por cuatro cadenas de esfera circular y adornada por seis candeleros; nunca vio tanta opulencia. Anael no deseaba conversar con nadie, y menos con una desconocida. Se volteó para mirar a la visitante, y le pareció ver a la réplica de la mismísima virgen, a la que tanto Memé insistía que le rezara. La monja conectó con los ojos de la princesa, y le pareció verse reflejada en ella, con el mismo dolor y en la misma espera del amor.

Volvió en sí. La mirada azulada por segundos conectaba con los ojos de la monja, luego con los de Memé. Frunció el entrecejo y exigió algunas cosas, entre ellas, libertad.

Renata estaba asustadísima por la mirada fija de la noble sobre ella.

—¿Acaso no se ha dado cuenta que soy hija de un rey? ¿Por qué entra en mis aposentos? Y deje de mirarme de esa forma, virgen, o lo que seas. ¡Y tú Memé, tráeme lo que te he pedido tantas veces! Necesito escribir —soltó una carcajada y comenzó a caminar en forma circular.

—Niña, su padre me lo impide.

—¡No comeré hasta morirme! —le gritó con la cara enrojecida y apuntándole con el dedo índice.

—¿Prometes no hacerte daño?

—Te lo prometo. Tengo que escribirle a Jack.

Memé se las ingenió para cumplir con los deseos de la princesa. Dejó a sor Renata con los guardias que custodiaban la entrada del aposento y salió para ver lo que podía hacer. Le tuvo compasión al verla desgastarse día a día. Porque El caballero Jack era una incógnita, sin una fosa, un cuerpo encontrado, nada que evidenciara que era de carne y hueso.

La nana desobedeció las órdenes de aislarla de todo hasta que recobrara la cordura. *Se va a morir si no come. Ya tiene bastante, y todos en la corte se mofan de ella.*

Por ello, le consiguió el pergamino, el frasco de tinta y la pluma de ganso, para aliviarle el sufrimiento. *Puede que mejore escribiéndole unas letras al fantasma ese.*

Mientras Anael estuvo redactando la carta, Memé y sor Renata se ubicaron en una esquina. Silenciosas, observaron cómo se le iluminaron los ojos. Se acomodó la trenza que horas antes le hizo una doncella. Aunque con las ojeras, y una palidez impresionante, resplandeció al escribir.

Jack

Hoy me toqué los labios y te recordé. Me pareció verte desde de la ventana. No te esperaba, te ocultaste entre las ramas de los olmos. ¿Por qué no me sacas de aquí? Fue difícil verte y no poder abrazarte. Grité para que me sacaras de esta maldita tumba. ¿No me escuchaste? ¿Pudiste verme? Sentí tantas cosas, tú mirada con la

mía, esa conexión que traspasa nuestros cuerpos y llega al espíritu.
Lo sé, sentimos lo mismo. ¿Por qué le temes a los sentimientos?
Luego te alejaste, y te perdiste en el bosque. Mientras más te
alejabas, yo me perdía. ¿Cómo puedo sonreír? ¿Cómo lo hago si me
dueles debajo de la piel?

Ven pronto.

Anael

Cuando terminó de escribir, se levantó sacudiendo con ambas manos toda la recámara.

—¡Pajarracos! Los odio, los odio, los odio, no me dejan concentrar revoloteando a mí alrededor.

A Memé se le salieron las lágrimas al verla descontrolada; sor Renata se quedó anonadada, ningún pájaro había.

—Memé, no te quedes ahí parada. Ayúdame a espantarlos.

—Sí, niña, yo la ayudo —le contestó simulando espantar las aves.

La monja permaneció muda. Entre momentos agarraba el rosario y se persignaba. *Dios, ten misericordia.*

—Y usted, santa fea, no se atreva a tirarme agua bendita porque la mato.

—Tranquilízate, Renata es una amiga —interrumpió Memé con un hilo de voz.

La nana sujetó a la princesa por la cintura y, con paciencia, la llevó nuevamente hasta el pequeño tocador de tapete estampado con soportes de bronce y sin espejo, pues lo removieron por temor a que se hiciera daño. Entonces, la acomodó en la silla parecida a un trono en miniatura.

—Anael, entrégame la carta —le dijo con voz suave logrando tranquilizarla.

—Te la daré luego; déjame conversar a solas con tu amiga. Comienza a gustarme la santa.

Memé se retiró del aposento advirtiéndole a sor Renata que no le llevara la contraria. Además, alertó a los guardias custodios de la entrada para que estuvieran al tanto. La monja, al verse a solas con la princesa, sintió las rodillas temblorosas.

—No tengas miedo. Acércate, santita, no me mires como si fuera un fenómeno extraño. Y no me tengas lástima; prefiero el odio a la compasión.

La monja, cautelosa, se acercó sabiéndola perdida. De momento, Anael se levantó y comenzó a caminar de lado a lado. Estaba vestida con un camisón de seda blanco manchado con la sangre de las manos. Dio un manotazo espantando los espíritus o los pájaros que veía. Un poco fatigada, se colocó de frente a la ventana y miró a la monja que para entonces estaba cerca de ella.

—Santurrona, ¿ves la neblina allá afuera? ¿Esa que llega y se disipa sin dejar rastro? Jack se fue como la neblina, sin dejar huellas. No, dejó una en mí. Y me dejó sola dentro de esta fosa oscura. Créame, estuve con Jack. Le temblaban las manos al tocarme, y me contó cómo se convirtió en guerrero. Yo le besé las manos y la cicatriz de la ceja. Me dijo que se la hizo un cíclope. Además, tengo un testigo que nos vio, el halcón, sí, un ave grande que se posa en lo alto de la roca allá en el bosque. Tiene el pico azul y una mirada extraña; él nos vio. Me da igual que me digan loca. Y, de estarlo, mi locura tiene nombre, Jack.

Anael terminó de esbozar sus lamentos. Observó con atención la soga que sujetaba el hábito de la monja.

Si logro quitársela sin que se dé cuenta, la amarraré en mi cuello pensando que son las manos de Jack.

Capítulo 13:
SOR RENATA

Las rodillas de la mensajera de paz eran como juncos que se tambaleaban con las ráfagas de la incertidumbre y los nervios ante el comportamiento de Anael. Confió en la ayuda divina y no dejó de clamar. *Apiádate de ella.*

Anael se quedó observándola, y la monja, pudo descifrarle en la mirada los pocos deseos de vivir.

—Sé lo que sientes —le aseguró la diminuta mujer.

—Santita, ¿qué sabes de amar con la carne y los huesos? —cuestionó, y pareció cuerda.

La monja sintió la necesidad de contarle su verdad, tal vez por compasión, tal vez por desahogo, tal vez por recordarlo.

—Sé lo que es amar con la carne. No fue por vocación que decidí usar un hábito —le confesó tocándose el rosario de madera.

—¿Por qué, entonces?

—Me clausuré del mundo para evitar suicidarme; lo que piensas hacer tú —le aseguró.

La princesa sintió como si alguien la descubriera por dentro. Miró a la religiosa con asombro. Ella le respondió con una sonrisa que sirvió para tranquilizarla, y le contó su historia.

Renata creció en un poblado de la provincia de Arlington. Era la única hija de unos estrictos campesinos que tenían la religión arraigada. Los domingos ayunaban, y el primero de cada mes asistía a las procesiones de la virgen. Ella seguía a sus padres, a regañadientes y arrastrando los pies. "Renata, camina delante de nosotros y cúbrete los hombros", era la exigencia de doña Camelia tirándole de la oreja. Sus padres vivían obsesionados con protegerla. La tuvieron muy mayores, un milagro, decían; otros aseguraban que una gitana les vendió a la recién nacida por unas cuantas monedas. La pareja no deseaba contaminarla con la maldad de los hombres.

Desde pequeña, Renata tuvo un don divino. Podía ver a las personas más allá del físico, penetrar en sus pensamientos. Don Jairo, el avaro padre, siempre lo supo porque la niña sabía las cosas que sucederían por medio de sus sueños. El padre, aunque se las daba de bueno escudándose con religión, no lo era. Realmente era un oportunista que decidió tomar ventaja de las facultades de su hija. Cuando ella cumplió los dieciséis años, la hizo trabajar en la tiendita que tenían en la Vía del Trapicheo. Renata comenzó a vender frutas en la pequeña tienda del padre. Se exhibían en grandes canastas de paja colocadas en unos escaparates de madera frente al local. La combinación de uvas, higos, granadas, dátiles y manzanas parecía un arcoíris. "Verás que ganaremos el doble de plata con ella al frente del negocio", le aseguró a la esposa. La hija también comunicaba las visiones que tenía al momento de compartir con la gente. Claro, este servicio se pagaba aparte.

Una tarde entró una anciana en la tienda y se presentó como viuda. Renata la atendió, y de mirarla, le dijo: "Debajo de sus ojos esconde el duelo por el asesinato de su marido". Por supuesto, las palabras de la joven le ganaron un pellizco de doña Camelia. "Madre, no he dicho nada que la señora no sepa", se quejó su hija sobándose el brazo.

Un día de primavera pasó una comparsa de soldados por la concurrida Vía del Trapicheo para abastecerse de provisiones antes de llegar al próximo poblado y continuar con el entrenamiento que los ascendería al rango de caballeros. Uno de ellos, el de sonrisa amplia como el cielo renacido, se detuvo para comprar en la tienda de don Jairo. Optó por la fruta prohibida. El hombre la olió, la mordió y le pasó la lengua a la manzana herida sin quitarle los ojos de encima a Renata.

—Roja, como tus labios —le dijo a la joven saboreándose la fruta.

Ella, con las mejillas compitiendo en color con la manzana, sonrió.

Para la campesina el halago resultó un bálsamo. Conversaron entre carcajadas y acordaron encontrarse el último domingo de cada mes, la única salida permitida para ella y que tenía que ser para la iglesia. "Madre, cuide de mi padre, está enfermo. Rezo, comulgo y regreso", le decía Renata a su mamá cada vez que iba a encontrarse con el soldado, y se ajustaba el corpiño del vestido.

Jamás pisó la catedral. Pasaba de frente a la triangular estructura, en cuyo alero sobresalían dos gárgolas, hacía una oración y se adentraba en el bosque para recibir caricias. Se amaron mucho esos dos. Ella le besaba los ojos; él, le tocaba los pechos. Sus besos bajaban al ombligo y a ese camino de vellos que se perdía hasta llegar a la entrepierna. De ahí en adelante, estallaba una locura de gemidos debajo los árboles chopos. "Hasta que nos vuelva a juntar el domingo", eran las palabras de su enamorado en cada despedida, y la besaba en la nuca. Ella regresaba, temerosa, a la casa; sabiendo que el rocío que le había regado el joven estaba dentro de ella.

Poco tiempo después, el soldado no regresó por la Vía del Trapicheo, y tampoco la esperó en la arboleda. Estaba comprometido con la hija de unos mercaderes de piedras preciosas. Cuando el muchacho les confesó a los padres su amor por la campesina, se alarmaron. "No te mezclaras con gentuza". Y sin un adiós, se alejó de ella.

Una tarde, cuando Renata al fin comprendió que el soldado jamás regresaría, salió corriendo por el bosque. Sus pies descalzos sentían el pasto como navajas filosas que la desgarraban. Gritó sin que nadie la escuchara.

Que nada te turbe, Renata. Que nada te espante. Volverá.
Todo pasa. Dios no se muda. La paciencia todo lo alcanza.
Solo Dios basta. Lo buscaré.
Aspira a lo celeste que siempre dura. Lo haré.

Desde ese día Renata no volvió a sonreír.

Meses después murió don Jairo, y ella decidió ingresar en un convento. Doña Camelia pensó que era lo mejor para su hija, pues no sabía cómo despintarle el desconsuelo del rostro. Allí pasó la juventud, en un aposento donde solo había una cama, un armario de caoba y un espejo. Vistió por el resto de sus días un hábito, y su cabello, que tan fácil se confundía con las sombras, lo ocultó bajo un manto desabrido.

***

Anael estuvo hipnotizada con la historia; milagrosamente la había escuchado sin interrumpir.

—Fue por olvidarlo que me olvidé de mí. Te confieso que durante veinticinco años no hay un solo día sin ver sus ojos en las noches. El recuerdo de lo que tuvimos me mantiene viva. Y ayudar a los demás es mi recompensa. Anael, te voy a ayudar, permítemelo.

—Santita... —alcanzó a decirle ella con los ojos empañados.

—¿Te das cuenta de cómo no eres la única a quien le han amputado las ganas de vivir? Si es verdad lo que aseguras, al menos te queda el recuerdo. Eres joven, rescata tu vida.

A raíz de aquella conversación, por mediación divina, por las plegarias de Memé y por las visitas semanales que el rey le autorizó a sor Renata, Anael mejoró. Los domingos antes de que sonaran las campanas de la capilla, la monja llegaba puntual al castillo. La princesa la esperaba frente a la Torre del Homenaje junto a Memé. Las tres le rezaban a la virgen, arrodillándose ante la imagen que resaltaba por los rayos del sol colándose por los coloridos vitrales de las ventanas; y cada una le imploraba por su milagro.

Al unísono con la mejoría de la princesa, ocurrían extraños eventos a través de las provincias de la península. Los campesinos aseguran diferentes versiones: "Fue El caballero Jack". "Esa alma vagabunda quiere vengarse". "Es un demonio que nos quita la paz". "A mi hija la salvó de que la ultrajaran". "Mis hijos no pueden dormir en las noches porque le temen". "Salvó a mi hijo cuando un lobo lo atacaba".

Por otra parte, clausuraron la entrada para llegar a los predios del palacio del rey Ariel en la provincia de Menester, quien hizo construir una gigantesca muralla antes de llegar a sus terrenos. Todo porque sus caballos amanecieron muertos en las caballerizas, y culpaban a Jack. También se regó la noticia de que el gobernante de la provincia de Tulán, Sir Natan, se ahorcó luego que el guerrero se le apareció para atormentarlo en sus aposentos. Nunca estuvo claro si alucinó por el exceso del vino que bebió en un banquete o, si en efecto, dijo la verdad.

Capítulo 14:

EL CONDE DE KENT

Se distinguía por ser un caballero, no el clásico perteneciente al ejército de un rey que usa espada, escudo y estoque. Se comportaba con distinción, nobleza y generosidad; era el conde de Kent. Vivía en la provincia de Melas, al norte de la península. Sus padres pertenecían a las tierras de Kent. De pequeño sus progenitores emigraron a Melas, y se quedó a vivir allí embrujado por el misterio del lugar y las mujeres.

Su padre de crianza fue el Vizconde Rodrigo, primo del rey Maximiliano. El noble se hizo cargo del conde cuando los padres murieron por una rara enfermedad. Se contagiaron con la tos maldita, como se le conocía. Era una tos incontrolable. Una vez se presentaban los síntomas, ojos amarillos y sangre al escupir, las personas duraban poco tiempo. El Vizconde le tuvo lástima al condesito, quien tenía cinco años, y se hizo cargo del hijo de la pareja.

El padre sustituto del conde pasaba por una soledad que lo consumía. Su esposa no pudo darle hijos, y lo abandonó. Jamás supo de su mujer. La gente murmuraba que se escapó con un mozo más joven. Rumores o no, lo único cierto fue que el niño le devolvió los deseos de sonreír. Al morir, le dejó todos sus bienes.

"Es lo menos que puedo hacer, tú me fuiste leal. Me contagió tu alegría; gracias a ti no me sepultaron mis propias miserias", fueron las últimas palabras que le dijo al joven protegido antes de cerrar los ojos.

El conde era cotizado entre las mujeres. Sabía las palabras que, dichas al oído, pueden cambiar el monosílabo que una dama tiene en la mente. Además, tenía un ojo apagado que le daba un toque erótico. Frecuentaba un concurrido lugar de la provincia de Melas, La Taberna Errante, un centro de confraternización visitado por nómadas. Los viajeros sin lugar estable se detenían allí para beber, bailar y pasar un rato ameno. También los plebeyos, los aristócratas y las damas alegres o trabajadoras de la noche acudían al lugar.

Para los nobles había una entrada secreta en la parte posterior. *Qué buena idea ha tenido el dueño de la taberna, me ha evitado a oler la peste de la miseria.* La puerta estaba cubierta por una enredadera de plantas. Los menos afortunados no imaginaban que detrás se encontraba un pórtico de madera con dos enormes cerraduras de hierro. Una vez las personas de abolengo cruzaban la entrada, estaba la sección exclusiva, el gran salón.

Entre las personas de prestigio que visitaban el lugar estaban el gran poeta Lord Bristol, pintores y *ladies* como Julieta Brocco, famosa en el círculo social por embriagarse, subirse a las larguísimas mesas de sólida madera y bailar la famosa danza macabra, de moda en ese tiempo. Era común que en la mitad del baile la mujer se quitara parte de la ropa, provocando que las damas recatadas se alarmaran.

Cuando el conde de Kent entraba al gran salón, iluminado por inmensos candelabros de bronce que colgaban del techo, las miradas se posaban sobre él. Y es que caminaba con estilo, cabeza erguida y los hombros hacia atrás con su vestimenta compuesta por: un sayo en terciopelo negro con botones rojos, y una lechuguilla blanca le resaltaba el cuello. Además, contaba con un cabello blondo, un par de ojos redondos azules y, claro, el ojo apagado, que provocaba la agitación de las mujeres. "Míralo, qué grande y proporcionado se le ve al muchachote", comentaban las mujeres al mirarlo.

Una noche que las estrellas resplandecían más de la cuenta, el conde llegó a la taberna y le entregó el abrigo al portero.

—Señor, bienvenido. Lord Jacob espera por usted —le informó el encargado.

—Por favor, avisa para que nos traigan el mejor vino —respondió el conde intentando divisar al amigo entre los habituales parlanchines.

Los amigos se dieron un abrazo y degustaron del tinto añejado. "Salud por los buenos tiempos", dijeron chocando las copas de metal. Después de media hora de haber conversado sobre el gobierno de la provincia de Melas y un nuevo movimiento de hechicería más agresivo que estaba surgiendo en la provincia, Lord Jacob le hizo una advertencia.

—Se rumora que la figura clave del movimiento es tu nueva conquista, Fransuá de Melas —bebió un sorbo del vino.

El conde, incrédulo, se limitó a escucharlo, y el ojo apagado pareció brincarle.

—No pongas esa cara, es cierto. Además, aseguran que es bruja y tiene mala reputación. Fransuá de Melas no es buena compañía —le aseguró, y bebió de un sorbo el vino que le quedaba.

—Originales tus bromas —el conde, al igual que el amigo vació la copa.

—No es broma. Y escuché que le dicen "La Perla Maldita" porque recibe a los amantes en su aposento ataviada, únicamente, con un collar de perlas negras.

—Interesante. Hemos coincidido poco. Te confieso que he notado cosas raras en ella. Claro, es hermosa, con unos felinos ojos verdes y un par de tetas... ¡Uff, la dejaría embrujarme!

—Te lo advierto por si logra meterte entre sus piernas.

—Tranquilo. De todas formas, debo ir alejándome de ella. Me voy por un tiempo para otras tierras.

—¿A cuáles tierras? ¿Por qué te vas?

—Voy para la provincia de Kent donde nacieron mis padres. Tengo parientes allí, el rey Maximiliano, y Anael, amiga de la infancia. Dicen que está enferma.

—Salud por tu viaje a Kent. Oye, por el momento, cuídate de la bruja, no sea que te convierte en un lobo —le dijo Lord Jacob levantado la voz.

—No te preocupes, que si me convierte en lobo me la comeré completa.

—Ya estás borracho —le dijo Jacob al conde.

—Y tú también.

—Creo que sí. ¡Salud!

Chocaron las copas. Lord Jacob, al intentar levantarse, se cayó y el conde se echó a reír.

Capítulo 15:
FRANSUÁ DE MELAS

Heredó de su abuela la boca grande, los ojos verdes de pantera, la mancha roja en la ingle y la maldad. "Serás mi réplica", pensó Maruá la noche que vio nacer a su nieta y se hizo cargo de ella. La anciana huyó con la pequeña desde la provincia de Tulán hacia otras tierras cuando su moribunda hija se la entregó la noche del parto.

—Madre, tiene la mancha; es bruja. Llévala lejos de aquí. Si la descubren, la perseguirán —le suplicó la joven con la respiración entrecortada.

—Cálmate. Todo estará bien.

—He perdido mucha sangre, no la veré crecer.

En la madrugada de la muerte de su unigénita, Maruá y la recién nacida partieron hacia la provincia de Melas. Decidió marcharse para esas tierras porque supo que una comunidad de brujas se había congregado allí. Pensó que estarían protegidas. Las brujas podían reconocerse unas a otras al tener contacto visual, las pupilas se les dilataban.

La pequeña, al nacer con el estigma rojo, tenía que llevar el nombre de la abuela según la tradición familiar. "Aunque tengas la mancha y debas usar mi nombre, no permitiré que te asocien conmigo. Te llamaré Fransuá de Melas. Te protegeré. Lo mío será tuyo. A ti los hombres no te utilizarán. No tendrás que oler el aliento rancio de ningún borracho, ni habrá varón que se resista a tus encantos. Te codearás con ricos, nobles, príncipes, reyes, gente de bien. No vivirás en la miseria como he vivido yo", declaró la anciana, y le untó unos aceites a la criatura en el cuerpecito.

Al cabo de los años, y convertida en una moza, Fransuá de Melas o "La Perla Maldita", nombre que le adjudicaron sus amantes, utilizó bien sus encantos: las curvas, su piel bronceada, y la melena negra. Era bella, no como el prototipo de las campesinas, tenía toda su dentadura, pechos erguidos, las carnes firmes y su piel todavía no se había divorciado de su cuerpo. Ningún hombre podía resistirse. Por supuesto, la abuela se encargó de aconsejarla antes de morir. Le dijo que hiciera fortuna, y ella lo acató perfectamente. Cada amante le daba espléndidos regalos, y piedras preciosas, muchas.

Los enloquecía cuando les danzaba desnuda; solo con el collar de perlas negras como adorno. Les hacía el amor al igual que un animal en celo y les jadeaba sin control en el oído. Luego el vaivén de sus caderas los enloquecía. "Fransuá, deja que mi diablo se queme en el lago de tu fuego".

Cuando los hombres se derramaban en sus adentros, ella podía retenerlos entre sus piernas para prolongar el éxtasis; y al tenerlos dominados, los miraba, y a ellos, les parecía que de los ojos de Fransuá salía fuego. Ella gritaba sumergiéndolos en su lago de llamas y después sonreía. Aprovechaba cuando los dejaba exhaustos sobre el lecho para robarles la plata. Fue así que acumuló tantos bienes. Aunque hubo quien aseguró que preparaba brebajes y se los echaba en el vino para agilizar el proceso, y se durmieran rápido.

Fransuá estaba al tanto de la persecución de los clérigos para detectar a las brujas. Podían ser descubiertas por las manchas rojas, y tomaba las precauciones para evitar que la atraparan. Porque cuando alguna era delatada, la torturaban. Muchos aseguraban que las brujas eran inmunes al dolor y se les responsabilizaba por las epidemias, las malas cosechas y las inundaciones les confiscaban sus posesiones. Todo se debía a que los habitantes de Melas estaban alarmados y afirmaban que estaban poseídas por malos espíritus como castigo de sus pecados.

Para "La Perla Maldita", de mirada turbia y abundante cabello, no fue impedimento nacer campesina y bruja, pues se codeaba con la realeza, y el conde de Kent no estuvo exento de caer seducido. Fue en una de esas noches de francachela en el palacio de los Gallasteri que decidió conquistarlo. Esa noche resolvió no dejar escapar al soltero codiciado de la provincia.

Cuando Fransuá entraba a un lugar miraba a todos los varones. *¿A cuál me llevo hoy?* El conde le interesaba de verdad. Era rico, apuesto, y el ojo apagado la excitaba muchísimo. Además, era la primera vez que un hombre se le resistía.

—Señor Conde, lo noto distraído —se le acercó haciéndole una reverencia, y se bajó el corpiño para que le resaltaran los pechos.

—Fransuá de…

—Melas, mi señor. Fransuá de Melas.

—Claro, de Melas. Cada vez que coincidimos, me convenzo, su belleza embruja. Imposible olvidar sus ojos. Le invito a una copa, y si le parece caminamos un rato—le propuso, el ojo apagado le tembló.

—Excelente propuesta.

Varias copas después, el conde no podía quitarle los ojos del escote; los enormes pechos rebotaban frente a él. Fue cuando el tinto se le apoderó de la cabeza, y olvidó los consejos de su amigo Lord Jacob.

—Brindaré por salud, porque belleza a usted le sobra.

—Adulador. Eres un artista de la galantería. Si deseas, podemos conversar con más intimidad —sonrió mirándole la parte abultada que evidenciaba.

—Con gusto —respondió confirmando debajo del sayo lo excitado que estaba.

Se retiraron con disimulo.

Al llegar a los aposentos de Fransuá, el conde le saboreó entre mordiscos la boca. La acostó en la cama de cenefas azules y la besó entre las piernas. Llegó hasta su caverna con la sed de un náufrago. Al verlo, ella se abrió hasta convertirse en cántaro. Lo enloqueció cuando se despojó totalmente del vestido y le danzó con el collar de perlas negras encima de los protuberantes pechos.

El conde, poseído, la escuchaba jadear.

—¿Te gusta?

—Me encanta —contestó el varón haciéndole el sexo con rabia.

Poco después del festín de placer, el noble quedó aturdido y la cabeza le dio vueltas.

Fue el vino. Luego se levantó con prisa.

—Me voy, es tarde —le dijo acomodándose el sayo sin mirarla.

—¿Te vas?

—Sí. Mañana tengo compromisos —la besó en la mejilla, tomó la capa de terciopelo y se marchó.

Sin duda, para la devoradora masculina, una despedida sin gloria ni festejos fue una ofensa. *¿Quién se cree?,* se preguntó y la pupila de los ojos se le dilató.

Fransuá estuvo dos semanas sin saber del conde. Se enteró por una amiga en común que se marcharía para otras tierras. "Me dijo muy entusiasmado que dentro de unos días viajará para la provincia de Kent. Creo que visitará a unos parientes, y mencionó a una prima, una princesa, algo así".

Condesito, ya sabrás de mí.

La bruja, celosísima con el entrecejo arrugado, corrió esa noche al bosque para hacer un hechizo. Se vistió de negro con capucha y guantes. Se adentró sin temor. Había visto a la abuela Maruá preparar el embrujo para que un hombre no se alejara. Hasta allí llegó un buitre. Ella sonrió al verlo; le gustaba alimentarlos con carne de ovejas. Esa noche no había ninguna por allí, así que agarró un conejo que estaba cerca y le partió el cuello para dárselo. Después buscó el árbol del tronco más ancho y danzó, bebió algo extraño, y dijo palabras también extrañas.

—¡Los cuervos nunca me fallan! ¡Serán mis aliados! —gritó fatigada.

Días después, el conde con los bártulos empacados estaba listo para emprender el viaje hasta la provincia de Kent. Tomaría dos días, del clima permitirlo, porque la neblina por esos lares era densa, y podría demorar más. El siervo verificó el coche, les dio agua a los caballos, se ocupó de las provisiones y aseguró el equipaje.

—Señor, podemos irnos.

—Perfecto. Nos espera un largo viaje.

Los caballos negros de patas fuertes arrastraban el carruaje hecho de caoba lisa barnizada donde cabían dos personas adentro, más el equipaje. Al frente, el siervo sujetaba los estribos.

—¡Vámonos! —dijo agitando a los potros.

Al conde lo invadió la emoción porque visitaría a sus parientes luego de un largo tiempo, y pensó en Anael. Recordó los juegos infantiles, y el beso que le robó cuando tenían doce años.

"Ven, nada pasará. Conozco los pasadizos secretos del castillo. ¡A que no me alcanzas!", lo retaba la princesita. "Verás que sí", le aseguraba él correteándola.

107

A poco más de dos horas de camino, por entremedio de árboles, riachuelos y cascadas azules, los caballos comenzaron a relinchar.

—¿Qué sucede?

—Señor, los caballos están inquietos. No veo. Hay neblina —le contestó el siervo intentando controlarlos.

Fue cuando el conde asomó la cabeza por la pequeña ventanilla y vio una nube oscura avecinándose hacia ellos.

—Parece una nube.

—No, señor, es una manada de cuervos.

Los caballos galopaban veloz y el siervo halaba los estribos en vano. El conde miró por la ventanilla y los pajarracos intentaron adentrarse. Uno pudo hacerlo y lo picoteó. Trató desesperadamente de liberarse del pájaro carnívoro, el siervo perdió el control y el carruaje se viró de lado.

En la distancia se escuchó el relinchar de otro caballo. Misteriosamente, los cuervos desaparecieron y alguien enderezó el carruaje. Fue cuestión de minutos.

—¿Pudiste ver quién nos ayudó? —gritó el conde limpiándose la sangre de la nariz.

—No. Bueno, tal vez fue Jack.

—¿De qué demonios hablas?

—No pude ver a nadie. Se me ocurre pensar que fue El caballero Jack. Es lo que dice la gente: que anda por los bosques, yo qué sé. Creo que me rompí algún hueso de la mano. Odio a los cuervos.

De repente, el conde recordó los ojos del cuervo que lo atacó; eran exactos a los ojos de Fransuá.

Capítulo 16:
EL REGRESO DEL CONDE

Aparecieron los primeros rayos del sol, y los soldados de la Torre de la Guardia divisaron un coche que se acercaba levantado una cortina de polvo. Los visitantes atravesaron el puente levadizo sobre la fosa que daba a la entrada del castillo. Los guardias abrieron los portones, y ellos se identificaron.

—Háganle saber al rey que el conde de Kent llegó.

El soberano se encontraba conversando con uno de los siervos sobre los arreglos que deseaba para las caballerizas. Quería tomar precauciones porque se enteró de que los caballos de otro reino amanecieron muertos y que la peste a carne podrida se mezcló con la del palacio.

Fue interrumpido por un soldado.

—Soberano, el conde de Kent desea verlo.

—Marcus, ¿llegó sin avisar?

—¿Tengo la autorización para traerlo al salón real?

—Sí ¡Por fin llega una buena noticia! —dijo el rey sonriendo desde el trono.

El conde fue escoltado por dos guardias. "Llevo años sin verla". Caminaba por el extenso pasillo entremedio de las anchas columnas de mármol. El siervo caminaba detrás de él. Cuando le avisaron a Memé de la llegada del noble, ella se emocionó al verlo de lejos. *Ha cambiado, me parece verlo corretear por los pasillos cuando venía para las fiestas de fin de año.*

El soberano, al verlo entrar, no esperó a que terminara la reverencia, sino que llegó hasta a él, y una sonrisa le borró los días de angustias.

—¡Marcus, venga un abrazo, hijo! ¡Porque eres otro hijo para mí! —vociferó el rey.

De inmediato, le dio instrucciones a la servidumbre apuntándole con el dedo índice; el rubí de la sortija brilló. Pidió comestibles y buen vino.

—Deja que lo pruebes. Lo amortizamos con hierbas y luego se hierve; lo guardé para una ocasión especial. Y le diré a Memé que prepare las tortas de harina endulzadas con miel que te encantaban.

Hablaron por dos horas, recordaron cuando cazaban venados en el bosque, los paseos en caballo, y el viaje que hicieron hacia el sur de la península para complacer a la princesa. También hablaron del gobierno, y de Anael.

—Al principio pensé que era un cotilleo; luego un lord amigo de un clérigo de estas tierras, me confirmó que está enferma. Aseguran que espíritus tomaron posesión de su cuerpo —le informó el conde.

—Te diré la verdad. Llegué a pensar que el mal de mi hija no tenía remedio. Todo el tiempo obsesionada por ese… sabe qué cosa, El caballero Jack. Sabes bien que Anael desde niña se impresionaba escuchando historias. Te aseguro que está mejor.

Aunque el rey afirmaba la mejoría de Anael, lidiaba con el temor que volviera a escaparse, o se quitara la vida.

Continuaron conversando.

—Mi siervo comentó algo sobre ese caballero rebelde. De hecho, tuvimos un percance en el camino y alguien nos ayudó a enderezar el coche; me dijo que fue Jack.

—Marcus, pudo ser cualquier samaritano. No perdamos el tiempo. Estás de visita y mi hija se pondrá feliz de verte —brindaron con grandes copas de plata.

Esa misma tarde el conde quiso sorprender a la princesa, y le pidió discreción al rey. Se confabuló con Memé, la que después de envolverlo en esos abrazos que recuperan el espíritu, le comentó que Anael no perdió la costumbre de pasear por los jardines y recoger flores. Entonces, esa misma tarde la esperó cerca de la Torre del Homenaje.

El halcón de pico azul volaba por los predios del palacio buscando atrapar la cena con sus garras. El conde se ubicó en una esquina para verla de lejos. Ella llevaba una cesta de mimbre en las manos y un vestido verde de tela suave. La brisa le movió el cabello y él sintió que todo se paralizaba, incluso la brisa.

De a poco, se le acercó por la espalda.

—Parece que las flores buscan más flores —le susurró en el oído.

Ella se volteó y, al verlo, soltó la cesta. Lo abrazó.

—Estás hermosísima —la tomó por la cintura, y la besó en la mejilla.

El tiempo se detuvo para ellos, y fueron los mismos de siempre: la complicidad, los sentimientos, el amor. Uno que para él significaba algo más, y llegó para reclamarlo.

Caminaron entre los jardines y el conde no hacía otra cosa que mirarla.

—¿Ya tienes prometida?

—Por suerte, no —sonrió.

—No te rías, dime la verdad.

—Al ser huérfano, no tendré la mala suerte de que me escojan a una esposa. Mi futura mujer la escojo yo —le tomó la mano.

La princesa intuyó que si el conde llegó sin avisar era porque supo de su quebranto de salud. No fue difícil adivinar que la miraba de otra forma, y a ella no le desagradó. Necesitaba de un amigo, de esas palabras de aliento cuando se aglomeran las penas, del apretón de manos que nada dice y lo dice todo.

Anael volteó la cabeza hacia el otro lado, y se echó a reír.

—¿A quién le sonríes?

—A las enredaderas. Sabes que hablo con ellas, ¿verdad?

El conde se quedó silencio pensando que aquello podía ser una manifestación de la locura, o bien un coqueteo de ella. *No tiene sentido dañar el momento.* Estaba decidido a conquistarla y por eso le pidió que lo acompañara a la cena de bienvenida que el rey le estaba preparando.

—¿No me harás un desaire? —le dio un empujoncito con el codo.

—Voy a pensarlo.

Al finalizar el paseo, con ese peculiar olor de la hierba que venía del bosque, ella lo besó en la mejilla. El gesto le recordó el beso robado envuelto en el recuerdo de los doce años.

Ella aparentaba estar mejor, aunque se negaba a bajar para cenar en el salón principal. Prefería hacerlo en su aposento; allí las siervas le llevaban la bandeja con sus gustos. Memé no se retiraba hasta que comiera algo. "Prueba los garbanzos y los anillos de naranjos secos; los hice para ti".

En su domicilio la princesa no tenía que lidiar con las miradas compasivas. A veces le pedía a Memé que le llevara a Viola para conversar, eso si Clotha lo permitía, porque en esos días estaba amargadísima. Se la pasaba borracha por los rincones escuchando conversaciones sobre la princesa para sembrar cizaña. "Muévete, apestas", le decían los soldados que usaron su cuerpo al verla husmear detrás de las columnas.

Viola se confabulaba con Memé para que la ayudara a llegar hasta el aposento de la princesa. No podía sola porque cojeaba mucho por la pierna afectada en el fuego. Cuando ellas compartían, era beneficioso para Anael porque no la juzgaba, y eso era suficiente. La princesa estaba segura de que volvería a estar con Jack, aunque no supiera cuándo, ni cómo; simplemente lo sabía. En las noches, de tanto pensarlo, sus manos se le desplazaban por todo el cuerpo. *Jack...,* sonreía complacida.

Con la llegada del conde al palacio volvió el ánimo, y en la provincia de Melas ocurrían otros eventos. Fransuá logró convencer a un par de amigos para que la acompañaran hasta la provincia de Kent.

—¡Mujer, deja de apresurarme! ¿Cuál es la urgencia? Es una imprudencia ir para allá porque no conozco personalmente al rey Maximiliano. Mi padre era quien lo frecuentaba cuando hacían acuerdos para mantener la paz entre las tropas de soldados —se quejó el Marquesito de Fhester.

Fransuá lo observaba frunciendo el ceño.

—Quítame la cara de tragedia, que el conde de Kent no es el último hombre de la península —continuó quejándose el noble.

Ed Fhester era el único hijo del difunto marqués, título que heredó con la fortuna. El apodo, "marquesito" se lo adjudicaron cuando ocupó la vacante porque era muy delicado y excéntrico. Tenía un carácter jovial, aunque ejercía autoridad cuando era requerido. Soltero, de cabellos dorados, labios gruesos y un distintivo lunar en la mejilla. Muy amigo de Fransuá, a la que le debía favores. Conocía de su capacidad para hacer pócimas, aunque desconocía que realmente era bruja.

—Niñas, verifiquen mis bártulos, que no falten los calzones, las sayas con mangas cocedizas, mis túnicas de telas suaves, el pellote... Ah, y las alpargatas. Así no, acomódenme mejor el rizo; va en la frente. Y avísenle a Will. Saben que siempre llega retrasado —ordenaba a sus doncellas.

Ellas seguían las directrices; le empacaban la ropa y le acomodaban el rizo. El amigo de Fransuá la conoció cuando coincidieron en un banquete. Se hicieron inseparables, y más cuando funcionó el conjuro que ella le preparó para que Will, un duque felizmente casado, lo visitara cuando le bajaban los efectos del vino a los calzones.

—Listo. El rizo quedó perfecto —el marquesito sonrió verificándose en el espejo.

114

La bruja permaneció observándolo. Él hablaba y hablaba. Estaba sentado frente a un pequeño tocador y la miró de reojo por el espejo ovalado con molduras en oro fino al relieve. Ella respiró y exhaló lento. Fue cuando le cuestionó sobre la cenefa de tela transparente sobre el camastro.

—Me sorprenden tus gustos —le dijo con una risita sarcástica.

—Deja de criticarme y suspende el mal humor porque desempaco y no voy.

—Me debes favores.

—Si no fuera por eso… Pero insisto, es una locura llegar por sorpresa, y usarme de pretexto. ¿Cómo voy a saludar a un rey que no conozco? ¡Qué disparate!

Ella lo miró mal, y con una de las uñas que podían convertirse en un arma blanca, lo amenazó.

—Más te vale acompañarme. El conde de Kent no se va a librar de mí.

El marquesito no le llevó la contraria, sino que continuó verificando sus cosas mientras las doncellas lo abanicaban. Después le comentó:

—Fransuá, hay otro detalle que me preocupa. Se escuchan cosas extrañas de esas tierras. Aunque te confieso, me intriga conocer al mentado caballero de la noche, ese Jack. ¿Será guapo?

—Por favor, Ed, ¿qué haces preguntando sobre un asesino? Además, no creo nada. Los campesinos inventan puros disparates.

—Tienes razón. No me interesa conocerlo. Imagínate si me asesina —dijo persignándose cinco veces consecutivas.

—Eres un cobarde —le dijo Fransuá, y estalló en carcajadas al verle que el rizo sobre la frente estaba sudado.

El sol de un nuevo día no asomaba por completo cuando los soldados de la Torre de la Guardia terminaban el turno. De la nada se escucharon caballos y aullidos, y una peste a sangre llegó hasta ellos. El soldado que estaba de pie se tocó la espada que le colgaba de un lado y el compañero que dormitaba en una esquina se puso de pie.

—Alguien merodea los terrenos —le comentó el soldado al compañero soñoliento, enderezándose el yelmo.

Comentaban que Jack andaba rabioso asesinando, y se mantuvieron alertas por si era el pariente de Belcebú.

Capítulo 17:
COMPAÑÍA, CENA Y MÁS

Aunque el rey acostumbraba a ir a cazar temprano en la mañana, optó por desayunar con el conde en la terraza. A través de los balaustres se apreciaban los jardines y se escuchaba el canto de los pájaros. Sobre una mesa rectangular hecha de roble había pan de miga, arenque ahumado, queso y un jugo de naranjas recién exprimidas.

Al finalizar prefirieron conversar en el salón real con más privacidad porque durante el desayuno las siervas se paseaban por enfrente de ellos pendientes de lo que hablaban.

—¿Cómo encontraste a mi hija?

—Si no fuera por lo que me contaron, pensaría que ningún mal la aquejó —le aseguró el conde.

El rey, por sabio, supo que Marcus estaba entusiasmado con Anael. Trató de ocultar la emoción. Y es que el joven reunía todos los atributos para convertirse en su yerno y futuro príncipe. *Joven, guerrero, feudo y como otro hijo para mí.*

Un siervo los interrumpió para avisarle al rey que los soldados de la Torre de la Guardia solicitaban hablarle. El soberano accedió. No era común pedir audiencia a esa hora. Ellos atravesaron la altísima puerta, hicieron una reverencia y le informaron.

—Majestad, cuando amanecía escuchamos a unos potros relinchar. No podíamos ver bien y pensamos que Jack estaba cerca —le comunicó uno de los guardias.

El rey lo interrumpió.

—¡Tengo prohibido mencionar ese nombre!

—Disculpe, alteza. Si me permite continuar...

—Habla.

—Eran dos soldados a caballo. Se acercaban escoltando un carruaje con tres personas adentro: una mujer y dos hombres. El joven espigado dice llamarse Ed Fhester, hijo del difunto Márquez.

Ante la noticia, el rey no titubeó. De inmediato, el marquesito entró en el salón real. Fransuá y Will, el duque, lo esperaron afuera. El noble se paseó por la alfombra roja con una extraña forma de caminar, apuntando con la punta del pie. Llevaba puesta una peculiar capa color vino con diseños incrustados en hilos dorados y un sayo adornado con volantes blancos hasta el cuello. Los siervos estaban anonadados, pues nunca antes habían visto una indumentaria así de extravagante.

El marquesito le hizo un guiño a un siervo moreno de brazos fuertes. Se escuchó una risita, y el rey pidió silencio.

—¡Qué sorpresa! El pequeño Ed, un placer conocerle. Su padre fue un gran amigo. ¿A qué se debe el honor de su visita? ¿Algún problema con los soldados de mis tropas?

—Majestad, el honor es mío. He venido para conocer los confines que tanto amó mi padre. Me hablaba maravillas de la provincia de Kent, de la gente, de los carnavales en la calle del mercado; según él, los mejores. Y ningún conflicto, mis soldados conocen los límites de las tierras.

—Me alegra la iniciativa. Nos complace con su visita.

—Gracias. Vine para conocerlo. Luego tengo pensado visitar algunos amigos que viven en palacios cercanos y pasar la noche con alguno de ellos —sonrió nervioso acomodándose el rizo de la frente.

Realmente, el marquesito no conocía a nadie en la provincia de Kent. *Fransuá, tengo deseos de estrangularte. ¿En qué líos estoy por tu culpa?*

—De ninguna manera. Permítame agradarlo en honor a su padre. Le ofrezco alojamiento esta noche.

—Majestad, le agradezco la intención, es que, es… —titubeó.

—¿Le sucede algo?

—Vengo acompañado de unos amigos, y no sé…

—Ed, no se preocupe, sus amigos serán bien atendidos. No se diga más, les daré instrucciones a mis siervos para que los lleven a la Torre Norte. Tengo varios aposentos designados para los huéspedes. Pónganse cómodos y descansen del viaje. Hoy los invito a cenar conmigo. Conozca al conde de Kent; también está de visita.

El rey aprovechó la ocasión para cambiar la atmósfera del castillo. Los vasallos condujeron al marquesito hacia la salida. Afuera lo esperaba Fransuá, quien durante la espera no dejó de mover un pie por la ansiedad.

—Condenada, ahora entiendo tu desesperación por atrapar al conde. Niña, es un…—se calló cuando ella le dio un pisotón para que hiciera silencio.

—¡Auch!, me lastimas.

Horas después, el crepúsculo anaranjado enmarcaba el castillo. Todos estaban debidamente instalados. El marquesito y el duque prefirieron quedarse juntos. Fransuá estaba en otro aposento al lado del pasadizo secreto que conectaba con el Patio de Armas. Cada quien se preparaba para la ocasión.

Fransuá, terminaba de vestirse y se retocaba la negra cabellera. *Tengo que lucir esplendida. Condesito, imagino la cara que pondrás.* Se ajustó el corpiño para que se le marcara el nacimiento de los senos, y se miró en el espejo manchado de

119

humedad en la parte superior. Al verse despampanante, sonrió. Se le dilataron las pupilas y el verde de estas se intensificó. Al momento, dos cuervos se posaron en el alero de una de las ventanillas. Ella los observó, y asintió con la cabeza.

Mientras, el marquesito y Will se preparaban.

—No me preguntes más. Te ves bien —le aseguró el duque.

—No mientas, dime la verdad. Debo verme a la altura. Es un rey quien nos agasaja. Si supieras, este castillo me eriza el cuerpo. ¿Te fijaste en lo mal que nos miró un hombre jorobado? —le dijo el marquesito refiriéndose a Sam.

El duque no se inmutó en contestarle. Prefirió descansar antes de bajar a cenar.

—Will, no te vayas a quedar dormido porque ya mismo debemos estar listos. Will, por favor, despierta, mira que me aterran los ojos del hombre de ese cuadro en la pared.

En la Torre Esquimera, Anael asomaba la cara por la ventana pensando en Jack. Sabía que volvería a ser su mujer, y que él la pensaba cuando se lo reclamaba el cuerpo, que sentía su aliento sobre el oído suplicarle por más, sabiendo que ella le pertenecía. *Si no te veo pronto, la poca cordura que me queda desaparecerá.* Sacudió la cabeza mientras escuchaba voces.

Marcus, quisiera darte una oportunidad. ¿Cómo? Jack, Jack, Jack, abandona mis entrañas, no quiero verte. Te amo, sí, sí, sí. No, te estoy odiando ahora, me he vuelto loca por tu culpa. Eres mi demencia, maldito seas, búscame o mátame, mal nacido, déjame, ya no quiero verte.

Al llegar la noche, la luna brillaba con descaro sobre el palacio mientras en el bosque los lobos olían la sangre de animales muertos. La cena estaba a punto de comenzar. Como preámbulo, los huéspedes se reunieron en el vestíbulo del gran comedor, tomaban vino y conversaban unos con otros. Los soldados de las escoltas del marquesito fueron invitados.

Fransúa se tomó dos copas seguidas para calmarse porque el conde no llegaba.

—Despacito, amiga. ¿Te fijaste en la tela aterciopelada de las sillas? ¡Cuánto gusto! —el marquesito estaba fascinado observándolo todo.

El gran comedor era un salón impresionante, con una mesa ovalada larguísima en la que podían acomodarse treinta comensales, quince a cada lado. Los techos en forma de bóveda daban la impresión de no tener fin, con pinturas enmarcadas en molduras. Resaltaban dos candelabros que colgaban del techo, de doce brazos. Una de las paredes estaba llena de lienzos con los antepasados, con rostros inertes dando la impresión de enjuiciar a los visitantes.

Poco después, el marquesito le habló a Fransuá.

—Querida, mira todo el futuro que tiene tu galán entre las piernas, para la princesa —dijo, refiriéndose al conde y estirándose el rizo de la frente.

El conde de Kent entró distraído al comedor, y aceptó la copa del tinto que le brindó un siervo.

—Gracias.

A los pocos segundos tropezó con Fransuá, o ella provocó el tropezón, y al conde se le derramó el vino cuando vio que era la arpía.

—¡Fransuá! ¿Qué haces aquí? —soltó, y se limpió el vino que le salpicó en la ropa.

—Te devuelvo la pregunta.

—No te hagas la desentendida, contéstame —le exigió en voz baja para que el marquesito no lo escuchara.

En ese preciso momento, el rey interrumpió.

—La cena está servida. Pasemos —les informó a los visitantes con la voz ronca que lo caracterizaba.

Fransuá suspiró. *Soberano, oportuna intervención.* Estaba segurísima de reconquistar al conde. *Pondré en práctica los consejos de la abuela: venderles el alma a los espíritus vagabundos.*

Los huéspedes comenzaron a degustar los diferentes platillos. Unos con otros conversaban. El conde evitaba mirar a Fransuá; se concentró en hablar con el rey, y ella rabiaba por ser ignorada. Los soldados admiraban el lujo del salón, y el marquesito y Will se mostraban complacidos tomando vino.

—¿No te impacta el hombre bigotudo del cuadro? Y esos lobos aullando allá afuera, no se callan—se quejó el marquesito con su amante tapándose los oídos.

—¿Estás borracho? ¿Le tienes miedo al caballero rebelde? —se mofó Will entre risotadas.

—Par de tontos, es una descabellada leyenda —estalló Fransuá.

El rey asintió con la cabeza apoyándola, y ella, al verlo, irguió el cuello y añadió:

—¿Alguien aquí ha visto a Jack?

—Yo.

Todos voltearon las cabezas mirando hacia la entrada, era Anael. Quedaron impactados al verla con un vestido rojo ceñido hasta la cintura, de falda amplia y con piedrecillas incrustadas en la tela que simulaban flores. La adornaba un collar de zafiros herencia de la reina Carola. Tenía el cabello suelto, con flores, también rojas, en cada lado. El rey no podía creer que se hubiese animado para bajar a cenar, llevaba tiempo insistiéndole. No quiso contradecirla, porque era más la alegría de verla allí.

El conde se levantó, llegó hasta ella, la besó en la mano, la condujo hasta la mesa y le cedió la silla junto al rey.

—Aún estoy sobrio, porque de lo contrario pensaría que se me apareció una diosa —le susurró el conde en el oído.

—Memé insistió para que te acompañara, me ayudó a vestirme. Dice que estoy linda.

—Esa palabra la inventaron para ti.

El soberano la besó en la frente.

—Estoy feliz de que estés aquí.

Fransuá, a punto de convulsar por los celos, se mantuvo parca. Toda la atención, incluyendo la de sus amigos, fue para Anael. No dejaban de elogiarla.

—Me fascina tu vestido —comentó el marquesito.

—Es un placer conocerla —dijo el duque.

— Es bellísima la princesa —comentaban los soldados de la escolta.

La noche transcurrió festiva, y el marquesito bebió descontroladamente.

—¡Ed, contrólate! —le recriminó el duque en voz baja.

—Mi querido Will, estoy seguro de que Jack anda cerca— le alcanzó a decir, entremedio del hipo.

—Borrachos —murmuró Fransuá.

A la medianoche finalizó la cena. Fue una velada particular entre la alegría palpable del soberano, las risas de Anael y el conde, la animosidad de Fransúa, los soldados con la expectativa de que algo malo sucediera, la borrachera del marquesito, y el duque tratando de tranquilizarlo. Los primeros en retirarse fueron Ed y su amante. Ambos caminaban por el larguísimo pasillo para llegar hasta el aposento; estaba oscuro y siguieron la luz de las antorchas en las paredes.

El marquesito no dejaba de pensar en El caballero Jack. Analfabetas y ricos lo habían convertido en una leyenda para bien o para mal. Llegó el momento que las madres amedrentaban a sus hijos para que obedecieran. "Si no te comportas, viene Jack y te lleva a vivir con él para el mundo de las sombras".

123

Los nobles apresuraron el paso por el estrecho pasillo mirando hacia todos lados, con la sensación de que alguien los perseguía.

—Will, no me dejes atrás —le pidió el marquesito dando tumbos.

—Cállate, y camina.

—Nos persiguen. Siento pasos. Corre. Me están respirando detrás de la nuca.

—Ven conmigo, te vas a caer.

El duque le colocó el brazo alrededor del cuello para ayudarlo a caminar, entraron al aposento y, por la borrachera que ambos traían, enseguida se quedaron profundamente dormidos. Entrada la madrugada el marquesito se despertó al escuchar el chillido de la puerta entreabriéndose. De un salto se levantó del lecho y, al no ver a nadie, se acostó cubriéndose por completo con la frazada. Un intenso frío, de esos que congelan hasta los pensamientos, entró en la morada y la pareja de amantes se levantó al mismo tiempo. Las pantuflas se les enredaron con la frazada y cayeron al suelo. El golpetazo que se dio el marquesito en la cabeza lo aturdió. El duque trató de ayudarlo a incorporarse, y en ese instante vieron el reflejo de un hombre levantando una espada frente al espejo.

Capítulo 18:
EL TRÍO MALÉFICO

Con la llegada del nuevo día, la estructura amurallada se encontraba en quietud. Un frío atroz se coló por los cerrojos de la puerta del aposento de Anael. Ella sintió que alguien la tocaba tratando de sentarla sobre el lecho.

—¿Qué haces aquí?

—Vine a verte. Fui muy duro contigo.

Memé, que merodeaba cerca, escuchó a la princesa y entró sin avisar.

—¿Qué te sucede?

—¿Pudiste verlo?

—Aquí no hay nadie.

La nana buscó por cada rincón. Movió la cenefa y miró debajo del lecho.

—Era Jack —le aseguró con los ojos perdidos.

—Fue una pesadilla.

Intentó calmarla pasándole la mano por la cabeza; le acarició el cabello. Humedeció un pañuelo dentro de una vasija de plata con agua y se lo pasó por la frente porque escuchó que hacerlo espantaba a los malos espíritus. *Qué lástima, con lo bien que estuvo anoche en la cena. ¡Maldito íncubo ese que se le adueñó de la cabeza!*

Memé la llevó hasta el tocador donde recién le habían colocado el espejo debido a la mejoría que presentaba Anael.

Tanto castillo, joyas, siervos, plata, y estoy más sola que nunca. Parezco una vieja.

Permaneció callada observando a través del espejo cómo la perpetua nana la cepillaba, y ambas comprendieron el silencio de la otra. Luego de varios minutos, Anael habló.

—Vieja, Jack me aseguró que no me olvidó. Me he dejado llevar por un obstinado corazón que no entiende.

Por otra parte, el rey despertó temprano esa mañana, y dio órdenes para que dos siervas le llevaran el desayuno a los huéspedes en los aposentos. Pensó que estarían agotados porque la cena de la noche anterior se extendió hasta tarde. Las mujeres del servicio siguieron las instrucciones y se dirigieron a los respectivos domicilios. Fransuá aún dormía y no contestó cuando tocaron la puerta.

—Venimos luego. Llevémosle el desayuno a los amigos que duermen juntos —comentó la sierva de la trenza rojiza dándole vueltas circulares a la misma.

La otra tuvo deseos de reírse, y apresuraron el paso por el larguísimo pasillo alumbrado por candeleros en cada lado. La bandeja de plata estaba repleta de manjares. La sierva de la trenza cogió un pedazo del queso que sobresalía. *Los nobles comen lo mejor.* Dio tres toquecitos en la puerta, pero los amantes no contestaron. Regresaron al aposento donde descansaba la bruja.

En el momento que Fransuá se enteró que sus amigos no estaban, se puso furiosa.

—¿Me dejaron? —saltó del lecho cuando las siervas le informaron.

De un tirón se desarropó, la frazada cayó al suelo, buscó las alpargatas; estaba desorientada por la resaca de la noche anterior. Haberle permitido al vino que le tendiera una mano al despecho no fue buena idea.

—Inútil, recógelas; están debajo de la cama —le gruñó a la sierva de la trenza.

La otra intentó explicarle.

—Señora, es verdad. Sus amigos se fueron, cuando entramos...

—Muévete —interrumpió Fransuá—, no me hables como si fuera de tu clase. Eres una cosa, no una persona. Y no me digas señora; en todo caso, señorita. ¡Sirvienta maleducada!

—Discúlpeme, señorita. Cuando fuimos a llevar el desayuno sus amigos, no estaban. Se llevaron las pertenencias —le aseguró la sierva.

La otra se quedó en una esquina sujetándose la trenza con un temblor en las rodillas. *No puede ser, debo estar alucinando. A esa mujer le está cambiando el color de los ojos.*

Y en efecto, mientras más enojada, más brillaban los ojos de Fransuá. Esta vez estaban de un anaranjado intenso, con el iris agrandado. A los pocos instantes, dos cuervos se posaron de vuelta en el alero de la ventana provocando que ambas siervas salieran huyendo.

Las jovencitas no mintieron. El marquesito y el duque se habían marchado. En las caballerizas no encontraron a los caballos, ni tampoco el coche en que llegaron. No hallaron a los soldados de la escolta; solo un guardia, que en horas de la madrugada caminaba por los terrenos del palacio, aseguró haberlos visto cuando huían. Dijo que antes de marcharse, el marquesito asomó la cara por la ventanilla del coche y gritó:

—¡Nos largamos! ¡Este castillo está poseído por espíritus!

Obviamente, se marchó con el cabello hecho un desastre.

Fransuá no probó bocado del desayuno. *No debí fiarme de semejante par de idiotas.* Se puso el mismo vestido que usó la noche anterior, y salió para averiguar algo. Algunos de los habitantes del castillo comenzaban la faena, los soldados cambiaban de turno, los siervos arreglaban los jardines y Sam les daba de comer a los caballos.

Fransuá no conocía el castillo. Caminó hasta llegar a la Torre Sur donde se encontraba el dormitorio de Clotha. La sirvienta despertaba tempranísimo para entrar en la cocina sin que nadie la viera y robarse el alcohol. Cualquier cosa la calmaba: vino, sidra, cerveza... Después de que tomaba, podía echarle comida al estómago.

Fransuá caminaba detrás de la criada con ínfulas de realeza. Ese día amaneció rabiosa porque se enteró que la noche anterior la princesa estuvo presente en la cena. Murmuraba en voz alta por el pasillo, y Fransuá la escuchó.

—Infeliz, mocosa. ¡Anael, no te imaginas cuánto te odio!

—Imposible odiarla más que yo.

Clotha se volteó para mirar de dónde provenía la voz. Al verla, notó en los ojos de Fransuá el odio magnificado.

—¿Quién es usted? —le preguntó con desenfado caminando hacia ella.

Se le acercó tanto que Fransuá aspiró el hedor del alcohol. De inmediato supo que era una sirvienta, por la ropa percudida y lo desgreñada.

—Prepotente la sirvientita.

—Distinguida, ¿se le ofrece algo? —le preguntó, y en el tono de la voz se escapaba el sarcasmo.

A sabiendas de que podía ser castigada por dirigirse de tal forma a un invitado del rey, le dio la espalda, sacudió la falda marrón y continuó caminando. Fransuá la siguió; no podía perder la oportunidad de encontrar una aliada. Tenía que ingeniárselas para sacar a la princesa del camino del conde. Aligeró el paso hasta alcanzarla.

—Oye, ¿qué te crees? Detente. Si no le diré al soberano la ofensa que me has hecho y te darán la edad que tienes en latigazos.

A la sirvienta no le quedó más remedio que obedecerla. Se detuvo y, resignada, le hizo una reverencia.

—Soy Clotha. ¿Qué puedo hacer por usted?

—Ya nos vamos entendiendo. Soy Fransuá de Melas. Anoche me hospedé aquí. Debería interesarte saber cómo puedo ayudarte. No te conozco, pero tenemos algo en común: odiamos a la hija del rey.

La sirvienta la observó envidiándole la tela de raso del vestido verde.

—Puedo ayudarte a destruir a la princesa. Te escuché cuando decías que la odiabas al igual que yo.

Clotha le creyó, o al menos lo fingió. Entonces, le sugirió que hablaran con discreción.

—Pueden vernos. Vamos para otro lugar y allí me explica. Total, no pierdo nada con escucharla.

Entonces, la maldad se juntó. Clotha movió la tranca para entrar al dormitorio. Esas puertas de la servidumbre no tenían cerraduras de hierro.

—Entre.

Había mucho polvo y vasijas de cobre, en las que escondía el vino, regadas por el piso.

—Aquí apesta —se quejó Fransuá tapándose la nariz con un pedazo del vuelo del vestido.

—¿Usted vino para criticar o hay algo más?

A Fransuá no le quedó más remedio que aguantar la peste. Sin darle muchos detalles, le habló de sus amoríos con el conde y le contó que fue ignorada en la cena por causa de Anael.

—Estaba embelesado por esa imbécil.

Clotha fue más explícita.

—Yo la odio desde que llegué al castillo. Por culpa de ella no pude ser la concubina principal del rey. Todo lo mejor es para esa infeliz; y las sobras, para mi pobre Viola.

Durante la conversación, Clotha no dejó de buscar entre las vasijas.

—No queda vino —agarró una con la esperanza de que tuviese algo que pudiera controlarla.

Tenía las manos temblorosas y se le cayó una vasija que terminó hecha añicos.

—¡Pero mujer, ten cuidado! Quédate quieta. Hazme caso, te ayudaré a sacar a la princesa de nuestro camino —insistió.

—¡Por favor! ¿Cómo usted puede deshacerse de la hija de un rey?

—Tengo facultades.

Será de loca, pensaba Clotha recogiendo los pedazos de la vasija.

Fransuá se levantó la falda y la tela de raso del vestido brillaba sobre sus piernas blancas. Le enseñó la marca en la ingle.

—¿Eres...

—Bruja —respondió enfatizando la erre.

Clotha abrió mucho los ojos negros, y se le acercó para verificar la marca.

—Tienes el estigma del maleficio —sonrió complacida, y confabularon un plan siniestro.

Fransuá le propuso que preparara un brebaje con las instrucciones que ella le daría. Solo tenían un problema: cómo hacer para que Anael lo tomara.

—Sé quién puede ayudarnos —le dijo Clotha con un brillito en la mirada.

—¿Quién?

—Un menso que vive aquí desde niño, Sam. Anael le tiene confianza y será fácil convencerlo.

Aunque Fransuá tuvo reservas, no tenía otra opción.

—Confía, es un tarado; con mostrarle tus pechos lo convencerás y hará lo que le pidas. Eso hacía yo cuando necesitaba que él me ayudara. Al ver lo guapa que eres, se volverá más bruto todavía.

Terminaron de armar la estrategia, y Clotha se retiró para conseguir lo necesario.

—Espérame aquí. No le abras a nadie —le dijo la sirvienta antes de irse a buscar las plantas venenosas.

Fransuá le dio las últimas instrucciones.

—No te olvides de las flores de corola; las consigues en los arbustos. Verás que el tonto que mientas y Anael se someterán a nuestra voluntad —le dijo, y cerró la puerta.

En esas tierras las brujas tenían fama de ser amplias conocedoras de la nigromancia. Sabían de plantas peligrosas, para curar y alterar la consciencia. Clotha confió en Fransuá y cargó con un cuchillo afilado. *Por si tengo que defenderme de alguna artimaña del bosque.*

A la sirvienta le tomó dos horas el encargo. La flor de corola era fácil de identificar por los colores llamativos en los pétalos: amarillo, rojo y el cáliz verde. Cuando tuvo lo necesario, sin que nadie la viera, fue a las caballerizas y preparó la pócima del mal dentro de dos vasijas.

Clotha escondió una de las vasijas cerca del heno y se quedó con la otra. Luego, esperó que Sam regresa a las caballerizas para darle agua a los caballos.

—Tengo una sorpresita —le dijo al joven tan pronto lo vio entrar.

Él pensó que ella volvería a pedirle algún favor y luego le pagaría ensenándole los senos.

—¿Me las vas a enseñar? —le preguntó desviando la atención de los caballos.

—Sígueme, tengo algo mejor.

El hombre caminó detrás de ella sin voluntad, tanto que hasta tropezó con sus propios pies. Llegaron hasta el aposento donde los esperaba Fransuá.

—¡Al fin llegas! ¿Preparaste el brebaje?

—Sí. Sam está afuera. Sedúcelo cuando lo veas entrar. Yo hice mi parte; haz la tuya —le entregó la vasija, y se marchó.

A los pocos minutos, el joven entró. Los ojos parecieron saltarle del rostro al ver a Fransuá desnuda.

—¿Te gusta lo que ves? Dejaré que los beses y los muerdas; harás lo que quieras, si me ayudas—le propuso acariciándose los senos.

El tarado sintió un cosquilleo intenso que le subió por la entrepierna.

—Dígame lo que tengo que hacer —alcanzó a decirle evidenciando la excitación debajo de la túnica.

Ella se le acercó mirándole a los ojos.

—Huele mi perfume. Me encantan tus ojos.

—¿Lo dice en serio? No le importa mi joroba.

—Claro que no. Eres vigoroso, tienes los hombros anchos, eres fuerte. Tómatelo, ayúdame en lo que te voy a pedir. Después, quizás, seré tuya —le mostró la vasija con la pócima, y se mojó los labios con la lengua.

A Sam se le humedeció la túnica en el momento, y de un tirón tomó del brebaje.

Para esa hora, Anael se encontraba por los jardines porque Memé la convenció para que tomara aire.

—Te hará bien.

Ella tomó el consejo. Los jardines eran su lugar favorito. Se notaba que había llorado. Se entretuvo mirando el cielo, como pidiendo una señal. *Cúrame o haz un milagro. Estoy agotada de querer a Jack.*

El jorobado merodeaba como una serpiente presta a la mordida. El brebaje hizo efecto, y se olvidó del cariño que sentía por la princesa.

—Sam, ¿qué haces escondido? —le dijo al verlo entremedio de unos arbustos.

Él no contestó. Tenía la mirada enajenada, y en las manos, una taza de madera.

—Te hice una pregunta.

—Eh… Le traje un té, de los que Memé le hace.

—Hubiese preferido jugo de naranja en mi copa.

—Fue lo que me dio.

Aunque le pareció extraño, aceptó. Memé, de vez en cuando, le enviaba bebidas con Sam. Se lo tomó, y con una mano se limpió un poco del líquido en los labios.

—Hoy no sabe igual —comentó en voz baja.

Pasaron diez minutos, y una pesadez le entró en el cuerpo. Fue el momento oportuno para que Sam le dijera que Jack la esperaba.

—¿Conoces a Jack?

—Sí, lo he visto. Fíjese, me dijo que la lleve esta noche al bosque. Yo creo que ese Jack se quiere casar con usted; dice que se van a escapar —le aseguraba moviendo la cabeza de arriba hacia abajo.

Entre la pesadez y el aturdimiento, Anael le creyó.

—¿Y cómo haremos para salir?

—No se preocupe, princesa. Cuando el sol desaparezca, nos escondemos y nos vamos.

El castillo tenía varios pasadizos secretos; algunos daban hacia la salida de frente a los portones y otros conectaban con el bosque. Fueron construidos para la seguridad de los reyes de monarquías anteriores. Pocos conocían la existencia de los túneles. Tenían conocimiento el rey y los soldados de extrema confianza. También Anael, por curiosa; Sam, por metiche; y Clotha, porque una vez logró convencer al jorobado y él, por pellizcarle una nalga, le contó dónde se encontraba uno de los pasadizos.

Cuando se ocultó el sol, Anael y Sam se escondieron detrás de un muro cubierto de enredaderas con flores violetas. La princesa se rascaba los brazos porque las plantas le provocaron ronchas rojas en la piel.

Ella le susurró a Sam con una voz casi inaudible:

—No será fácil salir. Tienen las entradas vigiladas.

—No crea, señorita. La Torre Sur es de sirvientes y los soldados no asoman mucho la cara. Allí está uno de los pasadizos.

Sin pensarlo, Anael se dejó llevar y llegaron hasta la Torre Sur. El túnel era estrechísimo, con el techo alto, y no cabían dos personas a la vez para bajar las escaleras. Había humedad, las paredes de ladrillos rojizos tenían limo, y estaba oscuro. Por uno que otro hueco entraba poca luz. Sam iba al frente. Con una mano cargaba una antorcha para alumbrar el camino y con la otra agarraba la mano sudada de la princesa. Ella no tenía otro pensamiento que no fuera regresar con su caballero, y faltaba poco para eso.

Capítulo 19:
EL CAOS

En la noche una redondísima luna iluminaba los árboles del bosque. Detrás de uno se escondió Fransuá disfrazada de muerte. Usaba una capa negra que le cubría el cabello. Con la ayuda de Clotha, logró salir del castillo por el pasadizo secreto sin despedirse de nadie. Su principal objetivo era estar cerca de la salida del túnel para interceptar a Sam y a la princesa.

Se había encargado de tener todo listo para asesinarla y verla sufrir con una agonía lenta. Disfrutó su maldad verificando los detalles de la hoguera. Utilizó pedazos de troncos semi verdosos porque tardaban en quemarse, y los colocó a doce pies de distancia alrededor del árbol.

No podrás escapar. Arderás en la hoguera y terminarás de quemarte en el infierno. Será divertido verte asfixiándote. Las ondas de tu cabello desaparecerán, y tu piel lozana se llenará de bolsas de agua dejándote el pellejo en carne viva.

Con lo que acontecía en el bosque, otros hechos estaban por descubrirse. Memé se detuvo en uno de los pasillos del palacio controlando los nervios; no encontraba a la princesa. *Puede que esté con Viola.* Se dirigió hasta el aposento de la joven; sacó un pañuelito blanco de uno de los bolsillos de la falda para secarse el sudor de la frente. No estaba en edad de agitarse. Entró sin avisar.

—Hoy no la he visto —le aseguró la delgaducha de los ojos tristes, y continuó practicando el arpa.

Viola aprendía el instrumento que le alegraba la existencia. Para ella era un suplicio saber que era la burla de los demás por ser coja, y la manía descontrolada de pestañear involuntariamente.

Anael no aparecía. Meme se frustró y, como última opción antes de avisarle al rey, entró en las caballerizas. *Tal vez está con Suspiro*. Aunque estaba acostumbrada al hedor del excremento de caballos, ese día se mareó. Fue directo al compartimiento del potrillo más joven, y la luz de la luna que atravesaba una rendijita de una de las ventanillas le alumbraba el hocico.

—Siempre manso —lo acarició en el lomo.

Rebuscó por los alrededores, entonces tropezó con una vasija que Clotha, por descuido, dejó tirada. La reconoció porque días antes la pilló robando vino en la cocina y guardándolo en el cacharro.

Olió el residuo que quedaba.

—¡Mujer diabólica! —gritó llevándose una de las manos a la boca.

En el Patio de Armas dos soldados daban la ronda. Uno se volteó al escuchar los pasos de Memé. Venía llorosa cargando la vasija.

—Huele —le dijo al guardia de nariz puntiaguda.

El hombre aspiró. Sabía distinguir olores porque se encargaba de verificar los alimentos que le llevan al rey para que no fuera envenado. Con un gesto desagradable en el rostro miró al compañero.

—Huele mal; es veneno o alguna pócima extraña.

Memé les contó que Anael no estaba en el castillo.

—Fue Clotha; quiere asesinarla, quizás lo hizo.

—No hemos visto salir a nadie del castillo —comentó el otro guardia.

—No me importa lo que digan. Se lo diré al rey ahora mismo. Esa mujer nunca la soportó. No pude defenderla —dijo en medio de lágrimas.

Memé avanzó hasta el salón real, mientras el soldado de la nariz puntiaguda fue a darle el aviso a Clotha. *Debo advertirla por los años de buen sexo que me regaló la condenada.*

Llegó hasta la Torre Sur. Miraba para todas partes pensando que lo perseguían. Tocó la puerta varias veces. Clotha movió la tranca y asomó la cara. El soldado le habló en voz bajísima.

—El rey sabrá lo que le hiciste a su hija. Memé fue a contarle porque encontró una vasija con veneno que dejaste tirada en las caballerizas.

La sirvienta abrió los ojos como si no entendiera.

—¡Reacciona! Te harán confesar. Antes de que amanezca, estarás muerta.

Clotha era una estatua sin expresión.

—Te ayudaré a escapar. Aún hay tiempo.

Ella solo pudo recoger unos trapos y echarlos en un bolso de tela para huir con la ayuda del soldado. Entre la turbación no encontraba el pasadizo secreto que conocía. En un momento de lucidez recordó y llegaron.

—Vete, no regreses —le dijo el soldado antes de que se marchara.

La sirvienta salió aturdida del pasadizo, corrió y se cortó las manos con las espinas de unas ramas que movió con desesperación al abrirse paso. Poco después se adentró por un camino polvoriento, y finalmente llegó a la orilla de un río. Se acercó al terreno pantanoso; de ese punto en adelante nadie volvió a saber de Clotha.

Mientras tanto, Anael continuaba desaparecida y cada pisada de Memé sobre la alfombra roja hasta llegar al trono para darle la noticia al rey fue un suplicio. *¿Cómo se lo digo?* Cuando el soberano la vio entrar sin levantar la mirada, supo que algo malo sucedía. La fiel servidora hizo lo mismo que el día que nació Anael: la partera envió con ella el recado cuando la reina Carola agonizaba.

En poco tiempo, el caos se apoderó del castillo, del rey, de Memé y del conde de Kent, quien fue a ofrecer su ayuda para encontrar a la princesa.

—¡Marcus, búscala! No es la orden del rey, es la súplica de un padre.

Entre el alboroto, el soberano dio la orden para que un nutrido grupo de soldados salieran a buscar a la muchacha. Más no pudo quedarse quieto, y se levantó del trono.

—Pásame la espada. Iré con ellos —le dijo a uno de los siervos que tenía de lado.

Se despojó de la corona. Por primera vez se quitaba el símbolo de soberanía frente a los siervos. La corona era de oro en forma de un aro, ocho cruces alrededor y cada cruz tenía en el centro una piedra preciosa distinta.

El conde intervino.

—Majestad, con todo respeto, debería esperar aquí por si llegan noticias. Confíe en mí; me haré cargo de los soldados —le aseguró con la certeza de los que saben que el sol sale cada día.

—Tráemela viva.

Los soldados custodios de los portones de la barbacana abrieron, y más de una decena de hombres salieron montados en caballo. Iban muy armados para adentrarse en la espesura del bosque. Desde las montañas, las hienas parecían sonreír al escuchar el relinchar de los caballos. Entre las ramas de los árboles se ocultaban gigantes pajarracos persiguiéndolos con la mirada.

—Ustedes, vayan hasta el río. El resto viene conmigo —les ordenó el conde.

Todos se ajustaron los yelmos, y cada uno con la pierna le dio un golpecito al caballo para agitarlo. Los soldados que fueron por el camino que llegaba hasta el río pisaban terreno plano; y los demás cabalgaban por caminos angostos que llegaban hasta las montañas.

Dos soldados se desviaron, y a uno de ellos, le pereció ver una sombra.

—Algo se oculta detrás de la roca —le dijo al compañero señalando con el dedo índice.

—Concéntrate en traer a la loca de regreso.

Una repentina ventolera sacudió los árboles, las hojas bailoteaban y la corriente del río se enfureció. Una serpiente que estaba cerca se escondió. Al instante un intenso resplandor los cegó. Los soldados se pusieron en guardia. Habían batallado contra toda clase de enemigos, pero jamás con un fantasma.

Los músculos de las piernas, los brazos llenos de cicatrices, los ojos negros penetrantes y la cicatriz sobre la ceja izquierda del hombre que tenían de frente se apreciaban, de tal forma, que no sabían si era humano, o un aparecido flotando sobre un caballo blanco.

Uno de ellos logró rozarlo con la espada.

—¡Botó sangre!

Estaban confundidos ante el hombre, o lo que fuera que levantaba una filosa espada. Cuando esperaban por ser decapitados, él, con un desenfado incomprensible, sonrió. Ambos soldados salieron huyendo sin poder retomar el control de los caballos. Mientras más halaban los estribos, más corrían los animales. Adelante, un barranco fue lo último que vieron.

Por otra parte, Fransuá estaba en control de sus objetivos. Logró interceptar en el camino a Sam y a la princesa. Los amenazó con un espada que Clotha le consiguió, y los llevó hasta la hoguera que tenía preparada. Cuando Sam despertó del efecto del brebaje, la vio disfrutando su obra. Danzaba como una desquiciada, reía a carcajadas y gritaba palabras extrañísimas.

—*Bangá. Bangatá* —decía con dramatismo entre risas descontroladas.

En ese momento, se fijó que Anael estaba amarrada en el tronco de un árbol.

140

—Sam, me va a quemar viva. ¡Ayúdame!

—¡Tarado, si te mueves te prendo en candela! —lo amenazó Fransuá con una antorcha.

La mujer caminó para encender la hoguera. Las llamas se movían.

—¡Maldita ventolera!

Una chispa del fuego se le pegó de la tela del vestido. En cuestión de segundos, Fransuá se prendió en llamas. El cuerpo de la bruja más bella de Melas se convertía en pedazos de carne carbonizada y el viento esparcía sus cenizas.

Sam, dentro del atolondramiento, tuvo un momento de claridad, el miedo lo paralizó y no se le ocurrió nada mejor que correr de vuelta al castillo para pedir ayuda. Llegó descalzo, sin camisón, cubierto de mugre, y en los ojos se le delataba la culpa. Los soldados de la entrada lo llevaron a empujones con el rey, quien imploraba clemencia tartamudeando "piedad". No supo explicar el paradero de la princesa.

—¡Habla! —le exigió el soberano apretándole el cuello.

Los siervos y soldados que se encontraban con él pensaron que lo ahorcaría allí mismo. Meme intervino.

—No lo mates. Estoy segura de que Anael aparecerá —le suplicó de rodillas.

—Si no fuera porque te he visto crecer... ¡Llévenlo al calabozo! Más te vale que encuentren a mi hija; de lo contrario, estarás muerto —le aseguró mirándolo a los ojos.

El rey estaba desesperado. De Memé no haber intervenido, le hubiese atravesado la espada a Sam dentro de la boca para sacarle la información que lo llevara hasta su hija. De lo agitado que estaba, tuvo que sentarse en la silla del trono.

Al momento, Sam fue escoltado por dos rudos guardias. Uno lo escupió en la cara, y el otro le colocó cadenas en las manos y pies. Los soldados que vigilaban el pasillo subterráneo que conectaba con los calabozos vieron cuando era conducido hasta el "Hoyo", como les llamaban a las celdas solitarias.

La noticia de lo que sucedió con Sam se esparció entre los que habitaban el castillo: "Pobre, no lo merecía". "Es un tonto". "Aunque sea un tarado, no es malo. "Bueno que le pase". "El rey no tendrá piedad". "Es un recogido, primero está su hija".

Al llegar al calabozo, Sam vio una rata que se escondió dentro de uno de los huecos de las paredes en ladrillos. La celda era pequeña y fría. Se acomodó debajo de una antorcha pegada en la pared para calentarse, lloró y se quedó dormido.

Tuvo un sueño.

Estaba en el inmenso Patio de Armas. Vio una estructura vertical de madera, de doce pies de altura, en cuyo tope resplandecía una cuchilla de acero. Escuchó sonar las campanas para que los habitantes del palacio salieran. Era costumbre que estuvieran presentes cuando sentenciaban a un traidor. Soldados, siervos, doncellas y Memé, con los ojos hinchados de tanto llorar, presenciaban el acontecimiento.

El rey estaba de frente a él con un rostro indescriptible por la angustia. Vio cuando el soberano apretó el puño de la mano con fuerza y dio la orden. Se observó persignándose sin atreverse a mirarlo, y cerró los ojos.

—Lo merezco. Señor, apiádate de mí.

En efecto, con la llegada del amanecer, su cabeza rodó.

Capítulo 20:
JUNTOS

Jack continuaba cabalgando por los laberintos del bosque para llegar hasta el palacio del rey Maximiliano. "Buen susto se llevaron los soldados". Los motivos no los tenía claros: venganza, asesinar, amedrentar, a saber. Por el atajo cerca del lago, su fiel compañero se detuvo, volteaba la cabeza, resoplaba y relinchó.

—¿Qué pasó, amigo? Camina, tengo asuntos por resolver —se quejó incitándolo con los estribos.

Armiño presiente algo.

Agitó al animal, y en ese momento el caballo pareció hacerse paso de una anarquía y corrió despavorido sin que le importara la opinión de su amo. La capa que usaba Jack parecía flotar por la rapidez del paso; como flotaban sus pensamientos. Avanzaron por senderos repletos de matorrales y árboles romero cuando le pareció escuchar los gritos de una mujer.

Cerca de allí se encontraba Anael, quien estaba fatigada y mirando al cielo.

Pronto llegará la oscuridad y con ella lo incierto. Estoy a merced de la noche, de mis miedos, de los miedos de mi padre y del aliento floral de él. No puedo respirar; me falta el aire, ¿o será que me faltas tú? No habrá una tumba para que alguien me lleve flores. Seguramente algún animal devorará mi cuerpo. Jack, tu recuerdo me ayudó a sentirme viva, o loca, porque vivir con tu ausencia es enloquecer. Me he desgastado de pensarte. Mis labios están lacerados de morderlos mientras te pienso. Te llamo aun cuando no tenga la certeza de que existas.

En ese momento comenzó a ver todo blanco y se desmayó.

Jack continuaba a galope. Se acercó al río y el sonido de las aguas retumbaba en el ambiente. Un poco adelante pudo ver la estampa, un inmenso árbol y, atada al tronco, la princesa. Sin pensarlo, se bajó del caballo y corrió hasta ella porque su vida estaba en juego. En cuestión de minutos la desató; primero los tobillos, luego las manos, y la cargó en los brazos. La acostó sobre la hierba húmeda y se quitó la capa para cobijarla. Buscó deprisa la bolsa de tela y el envase con agua que siempre cargaba.

Ella abrió los ojos.

—Jack, eres un fantasma; siempre lo supe. Y ahora que el bosque me traga te apareces de frente. Quiero que seas mi Caronte. Ponme monedas en los ojos. Si no, mi alma vagará por años —murmuró con la visión borrosa.

Miró a los ojos negrísimos de Jack, la espesura de las cejas y la mirada que extrañó. Estaba atontada. El guerrero la incorporó levantándole la cabeza y la sentó. Jack pensó tirarle el agua por encima, sin embargo, al verla llorar no pudo. Bebió un sorbo, acercó sus labios a los labios entreabiertos de ella y le derramó un poco.

—Papá. Caronte. Creador… —susurró.

De momento dijo:

—¡Jack, sácame de aquí!

Al guerrero le pareció escuchar ruidos de caballos. El bosque era impredecible. Mutaba en las noches. Se escuchaban rugidos de animales y, además, existía la posibilidad de encontrarse con un grupo de rufianes de otras provincias que se escondían allí. Se había regado la voz de que se ocultaban entre la maleza y degustaban la carne humana.

Jack, la levantó con un solo brazo, la colocó sobre el caballo en la parte de la frente y luego se encaramó sobre Armiño. La noble recostó la cabeza sobre el inmenso pecho del guerrero, que la recibía como un gran lecho.

En lo alto de la montaña, posado en roca, el halcón del pico azul los observaba. Los ojos ámbar del ave rapaz los persiguió a través del trayecto. El guerrero decidió llegar hasta la cima de la montaña para que no pudieran atraparlos. Paso a paso, entre caminos empinados subieron. Se escuchaba el sonido de las corrientes del río, y el brusco desnivel del cauce provocaba la caída de una enorme cascada. En el tope del cerro estaba el halcón en la roca, y al otro lado del monte quedaba otra de las guaridas del "temido."

Entraron en la cueva. Jack buscó un lugar, movió unas piedras y la acostó. Todo lo hacía él; ella abría y cerraba los ojos que por momentos se le quedaban en blanco. Luego de que Jack encendió una fogata, comenzó a repetirse la historia: el guerrero, la princesa y miradas prolongadas inundadas de deseo, de preguntas sin respuestas y de respuestas sin preguntas.

Jack se fijó en que la soga le había dejado marcas en las manos y tobillos a Anael. Entonces, le derramó agua para curarla. De momento, intuyó que la acariciaba; entonces descubrió que aquella vida que tanto aborrecía, quizás merecía ser vivida con ella.

—¿Quién te hizo daño? —le preguntó llevándole el cabello detrás de las orejas.

—Sam.

—¿Quién?

—Creí que era un amigo. Me engañó. Aseguraba que estabas esperándome en el bosque.

—Anael, ¡qué locuras haces! El bosque está lleno de peligros; hay montañas con riscos que no son visibles.

145

Ella no contestó. Le sujetó las manos callosas que una vez moldearon su cuerpo y se llevó una al rostro. Jack la miraba insistentemente, y cuando ella le sostenía la mirada, él cambiaba la vista. Estaban sentados de frente e iluminados por la fogata. Él sintió que el caparazón que inventó se desvanecía.

—Anael, estás viva de milagro. Siempre he querido vengarme. Después de nuestro momento, quise asesinarte, destruirte. Te penetré con fuerza adrede para quitarte la virtud y que fueras solo una cosa. Vi cuando te salió sangre y festejé porque perteneces a un mundo de nobles, los miserables que me quitaron todo, de los que tienen poder y a pesar de ello quieren más. Atropellan, se apoderan de lo ajeno, se enorgullecen al violar niñas, asesinan por el simple morbo de matar.

—Jack, yo... yo... —le dijo ella con un tono de vulnerabilidad que presagian los lindos discursos.

—No digas que me amas, porque ustedes no saben amar, solo desean. Son peores que los lobos. ¿Qué sabes tú de amar, si siempre tienes la barriga llena? ¿Qué sabes de levantarte y no saber qué vas a comer? ¿Tener hambre? No tienes idea del mundo fuera de un palacio, de mendigar un pedazo de pan. No te imaginas lo que es ver morir a una madre en los brazos, con el rostro desfigurado, y percatarte cuando la abrazas que son huesos; desnutrida por el hambre. Yo no soy un hombre, soy una colección de heridas. Pensé que era mi deber hacerte daño. Pero debo ser honesto conmigo. He tratado de mirarte como a otros nobles, y no puedo. No sé qué...—Jack se golpeaba en la cabeza tratando de expulsar por los oídos los demonios que se le instalaron en la mente cuando comenzaron sus desgracias.

—Quiero tocarte. No tengo aroma, necesito tu perfume.

En ese momento, le acercó los labios, y sin percatarse de que la besaba, le dijo al oído: "Anael...".

Anael, con ganas. Anael, respirándole en el cuello. Anael, mordiéndole los labios. Anael, desnudándola despacio. Anael, acariciándole los pechos. Anael, besándola entre las piernas. Anael, desvistiéndose él. Anael, arropándola con su desnudez. Anael, amándola. Anael, penetrándola, una, y otra, y otra vez.

—¡Anael! ¡Anael! ¡Anael! —le dijo en el oído al escuchar de ella gemidos melodiosos.

De pronto, Jack, el caballero, había sido despojado de su armadura. El odio se esfumó y el pasado se convertía en rocío. Poco después se quedaron rendidos, como se quedan los recién nacidos cuando son amamantados. Estando abrazados, un movimiento involuntario de él la despertó. Ella abrió los ojos sobresaltada como intentando espantar alguna alimaña.

—¡Fuera! —dijo en voz baja, y lo miró.

Lo vio dormido. Le acarició la cicatriz sobre la ceja izquierda y le jugó con el cabello. Luego, volvió a dormirse. Afuera de la cueva, Armiño descansaba. Se escuchaban los sonidos del bosque que anunciaron los primeros rayos del sol.

El guerrero despertó.

Deben estar buscándola. Tengo que apresurarme.

Recogió del suelo el gambesón, se vistió deprisa y no quiso despertarla.

Duerme un rato más. El camino será largo hasta la provincia de Melas. Quizás allí se rompan las maldiciones. Quizás podamos ser felices, o quizás soy un monigote.

Antes de salir de la guarida, se volteó y la miró como si la descubriera por primera vez. Más tarde, Anael despertó. Se tocó la espalda; había dormido incomoda. Al fin y al cabo, seguía siendo una princesa. Sin embargo, en el rostro se le reflejó una paz que solo se adquiere cuando se está satisfecho. No vio a Jack, y Armiño no estaba en la entrada de la cueva.

—Jack, ¿dónde estás? ¿Sería Jack? —dijo con un tono sufrido en la voz.

147

Se levantó. Estaba a medio vestir. El camisón blanco que usaba debajo del traje estaba ensangrentado y tenía un líquido blanco en las piernas. Caminó de un lado para otro buscando a Jack con los ojos tan abiertos que ni pestañear pudo. Recordó risas burlonas, un callejón, un hombre con un parcho en el ojo, la cara de otro al que le faltaba un diente y el mal aliento a cerveza rancia. Pensamientos turbios entraban y salían de su cabeza. Escuchaba voces, y comenzó a caminar en círculos mordiéndose lo que le quedaba de las uñas.

—¡Fuera de aquí! No se rían, déjenme —sacudió las manos a su alrededor descontroladamente—. ¡Malparidos! Estoy segura de que es una trampa en mi contra por ser la hija del rey Maximiliano. No pueden dañarme, seré la reina. Sí, la gran Anael, gobernante de la provincia de Kent —hablaba entre lágrimas y risotadas—. Aunque prefiero ser campesina; a Jack le gustan las campesinas. Nos iremos al campo, tendremos una vida juntos, sin lujos, pero con paz, y le daré hijos. No, seré puta; a Jack le gustan las rameras.

Se reía tratando de apaciguar el sentimiento de pérdida. Era una angustia torturante. Intentaba calmarse, mas no podía.

—¿Quién tiene la culpa? Tiene que haber un culpable de la ausencia de Jack. ¿Quién me atormenta? ¿El ente de los sueños? ¿Mi mente? Perdí a mi madre, ¿por qué tengo que perderte a ti? —gritaba.

En otra parte, el escuadrón de la caballería comandado por el conde de Kent no dio con el paradero de la princesa. Estuvieron toda la noche buscándola en un tupido bosque con temperaturas frías y a la expectativa de cualquier desgracia con el mentado demonio, o santo, daba igual, con Jack.

Varios soldados se dispersaron para abarcar terreno. Uno de los hombres se le acercó al conde para sugerirle que desistiera de la búsqueda.

—Señor, no creo que esta vez aparezca; ya amaneció. Pobre Anael, tantos problemas que dio ingeniándoselas para salirse con la suya. Recuerdo que se escondía en los túneles del castillo y en las caballerizas. Usted sabe que se les aparecía a los soldados en los aposentos para coquetearles pensando que era El caballero Jack. Y ni hablar del susto que me hizo pasar en la calle del mercado. Ese día logró despistarnos; fue de los peores malos ratos que he tenido. Menos mal que mi compañero y yo la encontramos en un callejón provocando a desconocidos. Ese día le agradecí a mis santos que el rey no se enteró; el soberano no perdona descuidos. Lamentablemente, es probable que... —le advirtió el soldado.

Los soldados estaban cansados, ceños fruncidos, bostezaban, y el hambre y la sed aumentaban. Se habían esfumado las esperanzas de encontrar a la princesa. La desesperación de Marcus era evidente; el ojo apagado se le humedeció y tenía la garganta seca. Desde que era un niño, Anael fue su mejor amiga y la única mujer de la que se enamoró. Tuvo deseos de echarse a llorar.

Anael, no quiero pensarte, pero te pienso y no dejaré de hacerlo —y miró una roca, como si pudiera darle consuelo.

Suspendió la búsqueda. Le tocaba regresar para hablar con rey.

¿Cómo se le dice a un padre que no volverá a ver a su hija?

El soberano estaba en el salón real esperando noticias. Afuera dos guardias custodiaban la entrada. De repente vieron al conde acercarse por el larguísimo pasillo. Marcus atravesó la enorme puerta y cuando el rey lo vio llegar sin ella sintió enojo, rabia, angustia, y se derrumbó.

Al momento retrocedió en el tiempo.

—Soberano, no tenga miedo, cárguela —le dijo Memé con la niña envuelta en el lienzo.

El rey la cargó con ese temor de los padres primerizos por evitar que el recién nacido se le escurra entre las manos.

—Es pequeñita, está preciosa mi niña. Anael será su nombre.

Acercó la nariz a la cabecita de la recién nacida para aspirarle los sueños que estuviera segregando. Después se la entregó a la nana para que la bañara con flores silvestres, como era la costumbre. Más tarde, lloró la muerte de su esposa.

El conde observó al rey descender del trono. El soberano movió la cabeza de lado a lado, cerró el puño para pegarle, arrancó un cortinaje, tiró candelabros contra el piso, dio golpes contra las paredes, botó sangre de las manos y cayó de rodillas. El conde quiso inventar una palabra que pudiera consolarlo y también quiso ser consolado. Optó por no decirle nada. Dicen que hay ausencias imposibles de aceptar, y esa era una.

Pasaron varias lunas negras desde aquel día. Por mandato del rey se ordenaron búsquedas incesantes en diferentes villas, poblados, mercados, y frente al castillo ondeaba una bandera con el emblema de la corona. El soberano apenas probaba bocado, perdió peso y se dejó crecer la barba. Buscaba consuelo visitando los jardines. Cuando observaba las flores de madroño, las favoritas de su hija, aumentaba su desosiego. Por ello, decidió no volver a visitar la floresta. Los habitantes de la provincia de Kent comentaban que desde la incertidumbre de lo que sucedió con Anael, el rey vivía por vivir y descuidó los asuntos del reino. Lo disculpaban por la terrible pérdida de su hija.

Una mañana clara, cuando la yerba acostumbraba a tener su pequeño baño de rocío, el soberano quiso reunir a los habitantes del castillo en el Patio de Armas. Todos se ubicaron en los predios. Desde lejos se apreciaba la cruz sobre el techo de la capilla; y las flores de la princesa se pusieron de acuerdo para ofrecer su aroma en los jardines. Los soldados, siervos, doncellas y cocineros se miraban entre ellos. En una esquina, sin hacer alboroto, estaba la fiel Memé dispuesta a escuchar la verdad del monarca, una que lo haría libre.

Había silencio; tanto que se escuchaba el sonido de la brisa. El soberano se notaba cansado, las ojeras profundas y la delgadez lo evidenciaban. Ni la capa roja en terciopelo que llevaba puesta, ni el enorme rubí de la sortija en el dedo índice, lo hacían lucir como en las épocas de gloria. Era como si hubiesen cambiado al rey y colocado a un anciano en su lugar. Cargaba un libro extraño entre las manos, con tapas de cuero gris y una cruz pentagrama en el centro. Todos desconocían el motivo del mensaje. Pensaron que anunciaría una alianza con otros reinos, un sistema de riego para tierras áridas, que dictaría una nueva ley, o proclamaría un cargo. Por momentos la mirada del monarca conectaba con los ojos de alguno de los súbditos, como si les adivinara los pensamientos, y ellos bajaban la cabeza.

Luego de unos segundos, con la voz quebrantada, se dirigió a los presentes.

—Soy el rey Maximiliano, gobernante de la provincia de Kent. Por años lidié con la enfermedad de mi hija que provocó dos surcos en mi frente, envejeciéndome el doble; y convertí mi palacio en una bóveda de oro para ella. Hice todo lo que pude por Anael. Protegerla, ayudarla; fue mi prisionera porque no deseaba verla sufrir, y fracasé. Estoy aprendiendo a vivir sin ella; sin la mirada azul que nunca encontró la paz; sin mi niña.

Pobre hija, víctima de sus demonios. Lo único que alivió sus días fue un diario que tuvo escondido. Lo tengo entre las manos, con páginas manchadas por la sangre de sus tormentos. Aquí sus enemigos la persiguen, los amigos la consuelan y la realidad y la fantasía compiten por destacarse. Aquí dejó plasmado su retorcido amor por un joven que desapareció a los quince años, El caballero Jack. La obsesión por él la sostuvo y la destruyó. Para bien o desgracia de los que vivimos en la

151

península de Ismir, ese joven quedó en nuestras mentes. Hoy enterraré las páginas que escribió Anael en una fosa vieja, vacía, aunque no sea la del atormentado guerrero. Hija, me he preguntado muchas veces cómo fueron tus ultimas horas...

El halcón del pico azul estaba en la montaña posado en la roca. Observó a la princesa Anael salir de la cueva. Iba descalza, sucia, despeinada, buscando consuelo. Mientras corría por senderos desconocidos, pensaba en él, en su todo, en ese amor que la acompañó a todas partes.

—No me persigan, déjenme. ¡Odio los pájaros! —sacudió las ramas escapando.

Daba vueltas, sin saber a dónde ir. Por momentos se detenía para tomar aire. Comenzó a toser. De pronto, se dio cuenta de que no sabía cómo regresar a la cueva. Había amanecido y apareció el sol de frente a ella. Se tapó los ojos porque la luz le molestaba. Por unos segundos sonrío sintiéndose a salvo.

—Madre, hasta que veo tu rostro. Ven, llévame contigo.

Luego miró hacia el horizonte. Lloró.

—No porque salió el sol significa que la noche acabó.

Observó la profundidad del vacío. Abajo estaba el río, siempre constante, chocando sus agitadas aguas contra las piedras. El viento le jugó con las hebras doradas del cabello y sintió la caricia de la brisa. Tenía un solo pensamiento enterrado en las sienes: Jack.

Fin.

Linda Pagán Pattiserie.

Biografía

Linda Pagán Pattiserie es oriunda de Ponce, Puerto Rico. Estudió Administración de Empresas en la Pontificia Universidad Católica. Se desempeñó en "Bienes Raíces" y "Publicidad" por varios años.

En el 2007 estudió Periodismo Cultural, Universidad del Sagrado Corazón. Durante el mismo año descubrió su verdadera pasión, literatura. A partir de ese momento se preparó con esmero en la misma universidad con estudios en:

Novela Corta: Dr. Emilio del Carril.

Creación de Personajes

Cuentos: Rubis Camacho

Es la autora de los libros:

El lunar en el hombro derecho (Award Winning Author) "International Latino Book Award": Best Novel-Romance 2018. (Editorial, País Invisible, Puerto Rico)

Crónicas del Alma y de la Vida (2012).

Escribió para el periódico "El Nuevo Día" (columnas de análisis social), y reportajes.

Escribió para la revista "Ocean Drive Puerto Rico".

Colaboró con la "Fundación A-mar P.R."